Taming
Master
테이밍마스터

테이밍 마스터 28

2018년 6월 18일 초판 1쇄 인쇄
2018년 6월 21일 초판 1쇄 발행

지은이 박태석
발행인 이종주

기획 팀 이기헌 왕소현 박경무 이승제
책임 편집 최이슬

발행처 (주)로크미디어
출판등록 2003년 3월 24일
주소 서울시 마포구 성암로 330 DMC첨단산업센터 3층 314호
Tel (02)3273-5135 Fax (02)3273-5134
홈페이지 rokmedia.com **E-mail** rokmedia@empas.com

값 8,000원

ISBN 979-11-294-7036-2 (28권)
ISBN 979-11-5960-986-2 04810 (세트)

28

Taming Master

| 박태석 게임 판타지 장편소설 |

테이밍 마스터

ROK
MEDIA
로크미디어

CONTENTS

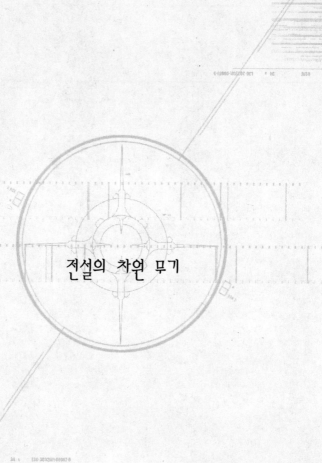

전설의 차원 무기

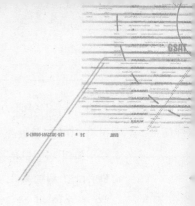

　이제는 북적북적해진 용사의 마을과 달리 차원의 숲 요새
의 본진은 아직도 한산하기 그지없었다.

　애초에 이 '차원의 숲' 맵에 들어오기 위해서는 정예병 타
이틀을 달아야 하는데 정예병을 달기까지 필요한 공적치가 3
천을 넘기 때문이다.

　지금까지 정예병이 된 랭커들의 숫자는 천군 진영을 기준
으로 대략 쉰 여 명 정도.

　그리고 이들 쉰 명 중 대부분의 인원들은 퀘스트를 진행하
기 위해 차원의 숲 안에 있을 것이었다.

　"티버 님, 계십니까?"

티버의 막사 앞에 도착한 이안은, 망설임 없이 문을 열어 젖히며 티버를 불렀다.

티버와의 친밀도는 이미 최상이었기 때문에, 이렇게 불쑥 나타난다고 해도 딱히 문제 될 것은 없었다.

"오호, 이안이 아닌가. 지금 한창 요새 수리로 바쁠 시간 인데, 여기에는 어쩐 일인가?"

"티버 님께 도움을 구하고 싶은 게 있어서 찾아왔습니다."

"도움? 설마 요새 방어에 벌써 실패한 것은 아니겠지?"

"하핫, 무슨 그리 섭한 말씀을. 요새는 완벽하게 방어하고 있으니, 걱정 않으셔도 됩니다."

"흐음······. 그거야 몇 시간 뒤에 수비대장님께서 순찰 나 가실 때 따라가 보면 알게 되겠지."

무언가를 제작하는 중이었는지 쉴 새 없이 망치질을 하 던 티버는, 이마에 흐르는 땀을 닦아 내며 이안을 향해 다 가왔다.

'도움을 구하고 싶다'는 이안의 말에 흥미가 동한 것이다.

지금껏 이안이 방문할 때마다 놀라지 않았던 적이 드물었 으니, 이것은 사실 당연한 현상이었다.

"자, 일단 이쪽에 앉게."

"감사합니다."

이안을 막사의 구석에 있는 작은 탁자 앞으로 인도한 티버 는 흥미로운 표정으로 다시 입을 열었다.

"그래, 내게 도움을 구하고 싶다는 게 뭔가?"

티버는 두 눈을 반짝이며 이안에게 물어보았다.

이안의 말이 이어졌다.

"제가 좀 '진귀'한 광물을 구했는데요."

"진귀……한 광물?"

진귀하다는 말에 힘주어 말하는 이안을 보며, 티버는 슬슬 안달이 나기 시작했다.

지난번에 들고 왔던 '빛나는 차원의 마력석'만 하더라도 충분히 진귀하다는 수식어를 붙일 만한 것이었는데, 지금 이안은 그때보다 훨씬 더 뜸을 들이고 있었기 때문이다.

"부족한 제 실력으로 제련하다가 이 광물이 상하기라도 할까 봐……. 혹시 티버 님께서 제련을 도와주실 수 있나 해서 말이죠."

이안의 말에, 티버의 표정은 눈에 띄게 밝아졌다.

카일란에서 대장장이에게 진귀한 광물을 다뤄 볼 기회란, 억만금 주고도 살 만큼 값진 것이었다.

희귀하고 등급이 높은 광물을 제련할 때, 제련 기술의 숙련도가 가장 많이 올라가니 말이다.

그런 의미에서 대장 기술을 쌓는 중인 이안에게도 '아이언 스월의 심장'을 제련해 보는 것은 흔치 않은 기회였지만, 지금은 숙련도보다 중요한 것이 이 제련에 성공하는 것이었다.

"오오, 그런 것이라면 언제든지 환영이지. 혹시 그 진귀한 광물이라는 것을, 지금 바로 볼 수 있겠는가?"

이미 안달이 나서 엉덩이를 들썩들썩하는 티버를 향해, 이안은 고개를 끄덕이며 씨익 웃어 보였다.

"물론입니다. 잠시만요."

이어서 이안은, 인벤토리의 앞칸에 놓아두었던 스웜의 심장을 꺼내 들었다.

그리고 그것을 탁자에 조심스레 올려 두었다.

티버의 부리부리한 두 눈이 더욱 휘둥그레졌음은, 당연한 수순이었다.

"이, 이게 대체 무슨 광물인가!"

"후후, 티버 님도 이 광물은 처음 보시나 보군요."

"그걸 말이라고 하는 겐가! 아니, 이 차원의 숲에 수백 년을 머물면서, 이렇게 강렬한 차원의 힘을 지닌 광물은 처음 보네!"

"크으……!"

티버의 반응이 격렬할수록 이안은 더욱 기분이 좋아졌다.

그조차도 처음 보는 광물이라는 말은, 희귀도가 정말 엄청난 녀석이라는 말과 다름없었기 때문이다.

이안은 은근한 목소리로 티버를 향해 광물에 대한 설명을 늘어놓기 시작하였다.

"티버 님, 혹시 차원의 숲에 사는 거대한 괴물을 알고 계십니까?"

"괴물이라면……?"

"마치 돌덩이를 이어 붙인 것 같은 외모의 거대한 에픽 몬스터 말입니다. '아이언 스윔'이라는 녀석이죠."

이안의 말에, 티버는 곧바로 고개를 끄덕였다.

아이언 스윔의 존재에 대해서는, 티버도 모를 수가 없었으니 말이다.

"아이언 스윔이라면, 나도 당연히 잘 알고 있다네. 그런데 이 광물이 그 괴물 녀석과는 무슨 관계인가?"

점점 더 흥미진진해지는 이안의 이야기에, 티버는 저도 모르게 마른침을 꿀꺽 집어삼켰다.

이어서 이안이 다음 말을 꺼낸 순간, 티버는 자리에서 벌떡 일어설 수밖에 없었다.

"이 신비한 광물이 바로, 그 아이언 스윔의 심장입니다, 티버 님."

"……!"

"아이언 스윔을 처치하고, 녀석에게서 얻은 것이지요."

이안의 말이 끝나자마자 반사적으로 일어선 티버는 잠시 동안 말을 잇지 못하였다.

믿을 수 없다는 듯, 광물과 이안을 번갈아 가며 응시하는 티버의 눈동자.

잠시 후.

티버의 입이 천천히 떨어졌다.

"이게 정말…… 아이언 스웜의 심장이라는 말이지?"

"그렇다니까요. 후후, 속고만 사셨습니까?"

"아니, 내가 자네를 의심하는 것은 아닐세. 단지 이 전설의 광물이 내 눈앞에 나타났다는 게 믿기지 않아서 그런 것일세."

'전설의 광물'이라는 말에 이안의 두 눈이 반짝였고, 티버의 말은 계속해서 이어졌다.

"이것은 아주 오래전, 그러니까 차원의 숲이 생겨난 태초부터 이어져 내려온 이야기일세."

그리고 이안은, 티버의 이야기에 집중하기 시작하였다.

티버의 이야기는 그렇게 길지 않았다.

하지만 그 내용만큼은, 이안의 흥미를 불러일으키기에 부족함이 없었다.

"그러니까 티버 님, 그 전설의 영웅 '프릭스'의 검이 이 아이언 스웜의 심장을 제련해서 만든 무기였다는 거죠?"

"그 진위 여부를 정확히 확인할 방법이야 없네만, 아주 오래전부터 구전으로 전해져 내려오는 이야기일세."

"그렇군요."

"대체 그 괴물 같은 녀석을 어떻게 처치했는지 모르겠지만…… 자네는 정말 대단하군."

"과찬이십니다, 하하."

태초에 차원의 거인으로부터 용사의 마을을 지켜 낸, 전설의 용사 프릭스.

티버의 말에 의하면, 이 프릭스가 거인을 처치할 때 썼던 검이 바로 이 아이언 스윌의 심장을 제련하여 만든 검이라고 하였다.

당시 차원의 광물들로 개발해 낸 몇몇 포탑 말고는 그 어떤 공격도 통하지 않았던 차원의 거인이 프릭스의 검에는 속수무책으로 당했다는 것이다.

"물론 영웅 프릭스가 차원의 거인을 쓰러뜨릴 수 있었던 이유가 그 무기 덕분만은 아닐 걸세."

"원래부터 프릭스는 강력한 용사였군요."

"그렇다네. 그는 지금까지 용사의 마을에서 배출한 모든 용사들 중에서 가장 강했다고 하니 말일세."

"어쨌든 이 광물로 만들었던 무기가 전설의 무기라고 하니 기대가 되네요, 티버 님."

이안의 말에 흐뭇한 표정이 된 티버는, 고개를 끄덕이며 입을 열었다.

"나도 마찬가지일세. 부디 이 광물을 제련하는 데 성공해서, '프릭스의 검'과 같은 전설적인 무기가 탄생했으면 좋겠군."

"흐흐, 티버 님의 실력이라면 분명히 가능하실 겁니다."

"그렇게 생각해 줘서 고맙네. 이 광물을 내게 맡겨 준 것도 영광이고 말이지."

"별말씀을요."

티버는 마치 갓난아이 다루듯, 조심스레 아이언 스웜의 심장을 어루만졌다.

그리고 그것을 천천히 들어 올려, 작업실 가운데에 있는 가장 큰 작업대에 올려놓았다.

이어서 티버는, 광물 구석구석을 세심하게 살펴보며 말을 이었다.

"아마 이 녀석을 제련하는 데 3일 정도는 시간이 필요할 것 같네."

"사흘……이나요?"

"그렇다네. 처음 접하는 광물인 만큼, 신중에 신중을 기해야 하니 말일세."

"그럼, 부탁 좀 드리겠습니다, 티버 님."

"걱정 붙들어 매시게. 아마 현존하는 모든 대장장이들 중에서, 차원의 광물을 나보다 더 잘 다루는 친구는 없을 테니 말이지."

가슴을 팡팡 치며 자신감 넘치는 목소리로 대답한 티버는, 작업을 준비하기 위해 분주히 움직이기 시작하였다.

이안은 그 모습을 보며, 잠시 생각에 잠겼다.

그는 티버의 이야기를 들으면서, 한 가지 짐작되는 것이 있었다.

'티버의 말대로라면, 아이언 스웜의 심장으로 만들어 낸 무기는 차원의 방호막을 뚫을 수 있을지도 몰라.'

지금까지 차원의 숲에 등장했던 에픽 몬스터들이, 공통적으로 가지고 있었던 강력한 특성.

차원의 방호막
−차원의 마력이 담긴 공격 외에는, 그 어떤 공격에도 피해를 입지 않습니다.

이안의 예상대로라면 아마 차원의 거인도 이 특성을 가지고 있을 것이고, 전설의 무기라던 프릭스의 검은 이 방호막을 뚫을 수 있을 게 분명했다.

'뭐, 더 이상 예상해 보는 것은 의미가 없는 것 같고, 이제 무기가 완성되고 나면 어떻게 될지 알 수 있겠지.'

생각을 정리한 이안은, 자리에서 일어났다.

그리고 작업 준비에 한창인 티버를 향해 고개를 살짝 숙여 보이며 인사하였다.

"티버 님, 전 그럼 티버 님만 믿고 돌아가 보겠습니다. 이제 요새로 돌아가서 일손을 거들어야 할 것 같아서요."

이안의 인사에 고개를 끄덕이는 티버.

그런데 이안을 그대로 보내 줄 것처럼 보였던 티버가, 돌연 뛰어나와서 입을 열었다.

"아, 자네, 내가 방금 생각난 것이 하나 있네만…….."

"넵?"

"내가 아이언 스윔의 심장을 제련하는 동안, 자네가 구해 왔으면 하는 재료가 좀 있다네."

"재료라면…… 무기 제작에 필요한 재료인가요?"

"그렇다네."

그리고 티버의 말이 끝나기가 무섭게, 이안의 눈앞에 새로운 시스템 메시지가 떠올랐다.

띠링!

－조건을 충족하였습니다.

－'전설의 무기 제작' 퀘스트가 발생합니다.

이어서 생각지도 못했던 히든 퀘스트 창이, 이안의 눈앞에 떠올랐다.

전설의 무기 제작 (에픽)(히든)

차원의 거인을 쓰러뜨릴 수 있다고 알려진 전설의 무기, '프릭스의 검'.
당신은 이 '프릭스의 검'의 재료로 알려져 있는 '아이언 스윔의 심장'을 얻는 데에 성공하였다.
그리고 이 전설의 광물을 의뢰받은 티버는 당신에게 프릭스의 검을 뛰어넘는 전설의 무기를 만들어 주고 싶어 한다.
전설의 무기를 제작하기 위해서, 티버는 몇 가지의 재료가 추가로 필요

하다 하였다.

첫째로, 한계를 넘는 온도의 불을 피우기 위해 필요한 '마력의 응집체'.

둘째로, 아무리 높은 온도에도 녹지 않는 '만년빙결萬年氷結'.

마지막으로 '폐허가 된 성' 안 어딘가에 숨겨져 있다는, '프릭스의 검' 설계 도안.

만약 당신이 이 세 가지의 아이템을 구해 온다면, 티버는 정말 대단한 무기를 완성하여 당신에게 줄 것이다.

하지만 재료 중 하나라도 부족하다면, 완성될 무기의 성능은 장담할 수 없다.

퀘스트 난이도 : A++

퀘스트 조건 :

'아이언 스웜의 심장' 아이템 획득

대장장이 티버와의 친밀도 100 이상 달성

제한 시간 : 사흘

보상 : ?(전설의 차원 무기)

퀘스트의 내용을 확인한 이안은, 살짝 당황한 표정이 되었다.

'아이언 스웜의 심장'만 있으면 되는 것인 줄 알았는데, 생각보다 복잡한 퀘스트가 떠올라 버렸으니 말이다.

'으음, 이거 좋아해야 할지 말아야 할지······.'

그리고 그런 이안을 향해, 티버의 입이 다시 열렸다.

"자네가 재료를 구하는 데 시간이 부족하다면, 수비대장님께 이야기해서 내일부터는 임무에서 제외시켜 주도록 하겠네."

어찌 보면 당연한 티버의 배려.

하지만 이안은 고개를 절레절레 저으며 대답하였다.

"그러실 필요는 없습니다, 티버 님. 임무는 임무대로 수행하고, 재료는 따로 한번 구해 보겠습니다. 어쨌든 이것은 제 개인적인 일이니, 천군 진영의 임무가 더 우선이지요."

마력석이 필요한 신규 랭커들은, 앞으로 계속해서 차원의 숲에 유입될 것이다.

그리고 그들 중 로터스 길드원만 데려다 쓰더라도 요새 중축 퀘스트는 충분히 감당할 수 있었으니, 굳이 티버의 배려를 받아들이지 않은 것이다.

하지만 이안의 말을 들은 티버는 그의 충성심(?)에 감격할 수밖에 없었다.

"오오, 이안, 자네는 역시 대단해."

이어서 티버는 마치 다짐이라도 하듯 주먹을 불끈 쥐며, 낮은 목소리로 중얼거렸다.

"자네의 기대를 저버리지 않도록 노력하겠네. 자네가 내 손에서 탄생한 무기를 가지고 프릭스를 넘어서는 전설의 용사가 되었으면 좋겠구먼."

티버는 광물의 제련을 내일부터 시작하겠다고 하였다.

오늘은 해야 할 작업이 있으니, 그것부터 마무리해야 한다는 것이다.

하여 이안의 퀘스트 또한, 기준 시점이 자정으로 바뀌었다.

사흘이라는 제한 시간이 적용되는 것도, 차원의 포털이 닫히는 시점이 기준이 된 것이다.

그 때문에 이안은 일단, A-11 섹터로 돌아가기로 결정했다.

이미 오늘의 요새 수성 퀘스트는 성공한 것이나 다름없다고 생각하였지만, 앞으로의 사흘을 위해서였다.

'내일과 모레. 최소한 이틀 정도를 나 없이 버텨 내기 위해선, 오늘 최대한 많은 타워들을 건설해 둬야 해.'

요새 수성 퀘스트는 연계 퀘스트이다.

그렇다 보니 당장 다음 연계 퀘스트가 마지막이라고 해도, 내일 이안이 자리를 비우기 위해서는 오늘 최대한 요새의 방어력을 올려 둘 필요가 있었다.

그래서 이안은, 요새의 노동자(?)들을 진두지휘하기 시작하였다.

"카윈아! 너는 데스나이트 발람이랑 같이 재료 수급하러 다녀와."

"나 조금만 쉬었다가 가면 안 될까 형?"

"마력석 한 개 차감해도 되면 그러든가."

"후우, 역시 악덕 고용주…….. 알겠어. 다녀올게."

"클로반 형이랑 레미르 누나는 나랑 같이 이쪽 타워 건설하면 되고. 레비아 님이랑 유신이는, 훈이 도와서 외벽 업그

전설의 차원 무기 21

레이드 작업 좀 맡아 줘요."

"그러도록 합죠, 국왕 폐하."

"알겠어요."

"흐유, 정말 열두 시까지 뽕을 뽑아 먹을 생각이구나."

길드원은 투덜거리면서도, 언제나 그래 왔듯 이안을 열심히 도왔다.

그리고 그 덕분에, 이안과 훈이의 요새는 기하급수적으로 빠르게 완성되기 시작하였다.

땅! 땅! 땅!

드르륵, 쿵!

까가강!

여기저기서 울려 퍼지는 연장 소리와 함께, 점점 더 그럴싸해지는 요새의 외관.

1시간 반 정도의 주기로 계속해서 에픽 몬스터가 등장하였지만, 이제 그런 것은 신경조차 쓰이지 않았다.

연계 퀘스트 첫날에 등장하는 에픽 몬스터들의 난이도는 비슷하도록 설정되어 있는 것인지, 처음 등장했던 포악한 망령과 별 차이 없는 수준의 에픽 몬스터만 계속해서 나타났으니 말이다.

심지어 지금까지 요새로 방어해 낸 에픽 몬스터들 중, 가장 강력했던 녀석이 아이언 스웜이었을 정도.

그 때문에 유일 등급의 타워가 세 개 정도 완성되자, 에픽 몬스터들은 아예 성벽 가까이 접근조차 하지 못하였다.

퍼펑! 펑!

콰콰콰쾅!

등장하자마자 그대로 녹아내리며, 훈이와 이안에게 달콤한 공헌도를 상납할 뿐!

-'거대한 숲의 트롤'의 생명력이 1,001만큼 감소합니다.

-'거대한 숲의 트롤'의 생명력이 전부 소진되었습니다.

-'거대한 숲의 트롤'을 성공적으로 처치하셨습니다!

-기여도에 비례하여, 공헌도가 145만큼 증가합니다.

-'마력의 응집체' 아이템을 획득하셨습니다!

그리고 그렇게 자정을 10분 정도 남겨 놓은 시간이 되자, 이안은 드디어 노동자들에게 자유를 선물해 주었다.

"다들 고생 많았습니다. 마력석은 최대 공헌도에 맞춰질 만큼 나눠 드리도록 하지요."

마치 건설 현장에서 노동자들에게 무료 급식을 분배하듯, 정량의 마력석을 길드원에게 나눠 주는 이안.

그것을 받아 든 길드원은, 복잡한 감정에 휩싸였다.

"최대 공헌도까지 달성했으니 분명 최상의 결과가 나온 건 맞는데…… 왜 뭔가 억울한 기분이 드는 거지?"

클로반의 중얼거림에, 옆에 있던 레미르가 한숨을 푹 쉬며 입을 열었다.

"오빠, 그걸 말이라고 해?"

"······?"

"오늘 우리가 얻은 공헌도는 맥시멈 1,200이지만, 아마 이 안이랑 훈이가 얻은 공헌도는 두 배도 넘을걸?"

"하아······."

그리고 두 사람의 대화를 듣던 카윈도, 슬쩍 끼어들어 푸념하였다.

"역시 재주는 곰이 부리고 돈은 사람이 번다더니······."

마지막으로 헤르스가 한마디 덧붙였다.

"일은 우리가 하고 공헌도는 국왕께서 챙기시는구먼."

오늘 하루, 로터스의 길드원은 대기업 월급쟁이의 심정을 십분 이해할 수밖에 없었다.

월급은 제법 많이 받지만, 결국 그 이상 굴러 가며 오너들의 배를 불려 주는 대기업 월급쟁이는, 충분히 많은 마력 결정(?)을 지급받으며 뼈 빠지게 일한 길드원과 너무도 닮아 있었으니 말이었다.

하지만 그들의 고용주인 이안은 노동자의 푸념에 눈 하나 깜짝하지 않았다.

"헤르스, 쓸데없는 소리 그만하고, 자기 전에 길드 공지나 올려 줘."

"공지? 무슨 공지······?"

"우리 길드에 내일 '정예병' 계급 달성하는 길드원 좀 있을 거 아니야."

"아마 다섯 명 정도 있으려나……?"

"여튼 내일 광물 채굴 퀘스트 하게 될 길드원 있으면 엉뚱한 데서 힘 빼지 말고 우리 요새로 다 오라고 좀 해 줘."

"……."

"공헌도는 맥시멈까지 다 달성하게 해 준다고 이야기해 주고."

이안의 말을 들은 길드원은, 순간 할 말을 잃고 말았다.

오늘 길드원에게 지급한 마력석만 해도 여든네 개였는데, 내일 지급할 여분의 마력석까지 추가로 확보해 놨다는 말로 들렸으니 말이다.

어처구니 없다는 표정이 된 레미르가 이안을 향해 입을 열었다.

"아니, 이안이, 너 대체 마력석을 몇 개나 가지고 있는 거야?"

"오늘 나눠 준 거 제외하고 말하는 거지?"

"그래."

"음…… 지금 세 보니까 대충 삼백 개 정도 남아 있네."

"뭐라고?"

"근데 파편까지 전부 제련할 거 생각하면, 한 오백 개는 더 확보할 수 있어."

"……."

꿀 먹은 벙어리가 된 레미르는 뒤로한 채, 이안은 다시 헤르스를 향해 입을 열었다.

"지급할 마력석은 충분하니까 공지나 꼭 띄워 주고 주무셔. 오케이?"

그리고 그 말을 들은 헤르스는, 저도 모르게 고개를 끄덕이고 말았다.

"어, 그, 그렇게. 그러지, 뭐."

쫙, 쩌쩍!

새벽달과 별이 사라지고, 따뜻한 햇살이 내려앉는 상쾌한 아침.

아침 10시 정도가 되자, 한산했던 용사의 마을 공터는 다시 사람들로 붐비기 시작하였다.

추가로 더 많은 유저들이 유입된 것인지, 날이 갈수록 용사의 마을은 더 북적거렸다.

"앞마당 채집 퀘스트 같이하실 분 구합니다!"

"악령의 손톱 남으시는 분, 개당 20만 골드로 사 봅니다!"

그리고 이 북적이는 인파 속에서, 한 남자가 공터를 가로질러 어디론가 걷고 있었다.

"후우, 역시나 날이 갈수록 유저들이 급격하게 많아지네."

뭔가 개운하지 못한 표정으로 한숨을 쉬는 남자의 정체는,

다름 아닌 요나스.

그가 지금 향하는 곳은, 공터의 정중앙에 있는 용사의 게시판이었다.

게시판에는 지난밤 자정까지 정산된 공헌도를 기준으로 유저들의 순위가 게시되어 있으니, 순위에 민감한 요나스로서는 매일 아침 접속하자마자 가장 먼저 게시판을 확인할 수밖에 없는 것이다.

'공헌도 2위 자리를 지키고 있어야 할 텐데…….'

순위를 지키지 못했을까 봐 제법 불안한 것인지, 걸음을 옮기는 중에도 계속해서 아랫입술을 잘근잘근 씹는 요나스.

'어제 퀘스트는 실패했지만, 어차피 성공한 사람은 아무도 없었을 거야. 이안이랑 간지훈이 그 두 놈이 어디 갔는지는 모르겠지만…… 확실한 건 그 둘도 결정 파괴 퀘스트는 클리어하지 못했다는 거지.'

마력의 결정 퀘스트는, 결코 둘이서 진행할 수 없는 퀘스트이다.

최소 다섯 명 이상의 파티원이 체계적으로 움직여야, 어떻게 클리어해 볼 수 있는 난이도였으니 말이다.

그 때문에 요나스는, 어제의 퀘스트를 모두가 실패하였을 것이라 생각하였다.

하여 새로운 유저가 치고 올라온 것이 아니라면, 순위는 그대로 유지되었을 것이라고 예상하였다.

"으, 제발……."

게시판의 앞에 도달하자, 자신도 모르게 육성을 내뱉는 요나스.

그리고 잠시 후…….

"……?"

다리에 힘이 풀린 요나스의 신형이 순간 크게 휘청하였다.

게시판에 떠올라 있는 천군 진영의 유저 순위 판이 그가 예상하였던 것과는 너무도 다른 양상이었기 때문이다.

"이게 말이 돼?"

지금 요나스의 눈앞에 떠올라 있는 게시판의 정보 창에는 다음과 같이 순위가 나열되어 있었다.

용사의 마을, '천군' 진영 공헌도 순위

1. 간×××/달성 공헌도 : 10,758
2. 이×/달성 공헌도 : 10,525
3. 레××/달성 공헌도 : 5,025
4. 레××/달성 공헌도 : 5,019
5. 샤××/달성 공헌도 : 4,925
6. 피××/달성 공헌도 : 4,905
7. 마×××/달성 공헌도 : 4,892
……중략……
11. 카×/달성 공헌도 : 4,699
12. 요나스/달성 공헌도 : 4,698
13. 페××/달성 공헌도 : 4,692
……후략……

용사의 마을에서 연계 퀘스트를 실패하면, 바로 전 단계의 퀘스트로 획득한 공헌도가 일부 삭감되게 된다.

그 때문에 요나스는, 2위를 유지하는 것은 힘들 수도 있을 것이라 예상하였었다.

하루 차이로 쫓아온 랭커들 중, 채굴 퀘스트에서 높은 공헌도를 기록한 유저가 두어 명 정도는 있을 수 있을 테니 말이다.

자신은 몇백의 공헌도를 삭감당하고 후발 주자들이 최대치의 공헌도를 획득한다면, 약간의 역전 현상이 일어날 수는 있으니까.

하지만 지금 요나스의 눈앞에 펼쳐진 순위표는 그야말로 믿기 힘든 것이었다.

정말 상상조차 해 본 적 없었던 상황이 눈앞에 펼쳐져 있었으니 말이다.

'그래도 이건 아니지……'

못해도 5위 안에 들어 있을 줄 알았던 자신의 순위는 12위까지 밀려 내려가 있었으며.

대체 무슨 일이 있었던 것인지, 1, 2위와의 격차는 두 배도 넘게 벌어져 있었다.

요나스의 상식으로는 버그 플레이라고밖에 생각할 수 없는, 그런 무지막지한 공헌도가 표기되어 있는 것이다.

'이건 분명히 간지훈이, 그리고 이안인데……'

연계 퀘스트를 클리어한 것으로도 모자라, 아예 천장을 뚫고 날아가 버린 훈이와 이안의 공헌도.

그 덕분에 요나스는, 어제까지만 해도 활활 불타오르던 의욕이 일순간에 사라지는 것을 느끼고 있었다.

한편, 퀭한 눈으로 절망하고 있는 요나스와 달리 오랜만에 충분한 숙면을 취한 이안은, 개운한 표정으로 어딘가를 향해 움직이고 있었다.

연계 퀘스트를 성공적으로 클리어하다 못해 어마어마한 수준의 공헌도까지 확보하였으니, 이안으로서는 기분이 좋지 않을 수가 없는 것이다.

'아무래도 요새 증축 연계 퀘스트는 이삼일쯤 더 지속될 것 같으니……. 가능하면 오늘 내로 재료를 전부 다 구해야겠어.'

이안이 구하려는 재료는, 당연히 '전설의 무기'를 만드는 데 필요한 세 가지 재료를 말함이었다.

마력의 응집체와 만년빙결, 그리고 프릭스의 검 설계 도안.

그런데 사실상 이안이 구해야 하는 재료는, 세 개가 아닌 두 개였다.

티버가 한계 이상의 불을 피워 내기 위해 필요하다 했던 '마력의 응집체' 아이템은 이미 너댓 개 이상 인벤토리에 확보하고 있었으니 말이었다.

'마력의 응집체야 에픽 몬스터 잡을 때마다 하나씩 나오니 남아도는 자원이지, 뭐……'

그리고 남아 있는 두 가지의 재료 중 만년빙결 또한, 그리 구하기 힘들 것 같지 않았다.

차원의 숲 정중앙에는, 거인이 잠들어 있다는 거대한 설산이 자리 잡고 있다.

그리고 티버의 말에 의하면, 이 설산의 꼭대기에는 태초부터 지금까지 단 한 번도 녹지 않았던 '만년빙결'이 널려 있다고 하였다.

평범한 채집 퀘스트를 진행하듯 플레이하면, 어렵지 않게 구할 수 있을 아이템이 만년빙결인 것.

결과적으로 이안이 구해야 하는 가장 중요한 아이템은, 전설의 검이라는 '프릭스의 검' 설계 도안이라고 할 수 있었다.

'도안만 오늘 안으로 구하면 성공이야. 만년빙결이야 사실 건설자재 채집할 겸해서 같이 구하면 되니까.'

하여 지금 이안이 향하는 곳은, 용사의 마을 동쪽에 있는 커다란 병영兵營.

조금 더 구체적으로 말하자면, 이안이 향하는 곳은 병영 안에 있는 장군의 막사였다.

티버는 '장군'급 이상의 NPC를 찾아가면 '프릭스의 검'에 대한 단서를 찾을 수 있을 것이라 하였고.

동쪽의 병영에는, 이안과 가장 친밀도가 높은 NPC 중 하나인, '백룡수호대장白龍守戶大丈 카미레스'의 막사가 있었으니 말이다.

"후, 여러분, 다들 알고 오셨겠지만⋯⋯ 오늘 긴급회의가 소집된 이유는, 용사의 마을 콘텐츠 때문입니다."

LB사 사옥, 기획부서 안에 있는 소회의실.

총 일곱 개나 되는 기획 팀의 팀장급들이 전부 모여, 심각한 표정으로 뭔가를 읽고 있었다.

그들이 각각 읽고 있는 것은, 빼곡하게 데이터가 적혀 있는 용사의 마을 콘텐츠 분석표.

그리고 그 분석표를 읽어 내려갈수록, 팀장들은 점점 묘한 표정이 되었다.

"용사의 마을 콘텐츠 때문이 아니라, 결국 또 '이안' 때문에 소집된 회의군요."

"⋯⋯."

"아니, 그 친구는 대체 어떻게 통합 서버에 가서도 혼자 말썽을 부리는 거지?"

"이걸 괴팍한 거라고 해야 할까요, 아니면 기발한 거라고 해야 할까요?"

"둘 다라고 봅니다, 전."

"이거 재밌네요."

자료를 살펴보며 고개를 절레절레 젓는 팀장들.

그런 그들을 향해, 회의를 소집한 나지찬이 다시 말을 이었다.

"일단 자료를 다 읽었다면 파악하셨겠지만, 지금 용사의 마을 양 진영의 랭커들이 기획 의도대로 움직여 주지 않고 있습니다."

"마군 진영에도 문제가 있는 건가요?"

"음, 마군 진영의 문제는 기획 의도보다 훨씬 빠르게 콘텐츠를 클리어해 내고 있다는 정도이고, 천군 진영의 문제는 생각하지 않았던 방향으로 콘텐츠가 진행되고 있다는 거겠죠."

"흐음……."

용사의 마을 콘텐츠의 핵심은, 양 팀 간의 밸런스이다.

어느 정도 밸런스가 맞아떨어져야만, '용사'가 되기 전 마지막 콘텐츠가 제대로 굴러갈 것이기 때문이었다.

그런데 현재 용사의 마을 상황은, 무척이나 기형적이고 특이했다.

일단 전체적인 콘텐츠 달성도에 대한 밸런스는 얼추 맞아

가는 듯 보였는데, 세부적으로 들어가면 균형이 완전히 무너져 있었으니 말이다.

전투 클래스의 메인 퀘스트는 마군 진영이 압도적으로 앞서 나가고 있었으며, 생산 클래스의 메인 퀘스트는 천군 진영이 압도하고 있는 상황인 것.

'사실 생산 클래스 메인 퀘스트는, 아직까지 시작조차 안 되었어야 하는 게 맞지…….'

한숨을 푹 쉬는 나지찬을 향해, 다른 팀장들이 질문을 던지기 시작했다.

"그나저나 이안 이 친구는 대체 어떻게 전투 클래스로 생산 클래스 히든 퀘를 받은 겁니까?"

"그러게요…….''

"그리고 아이언 스윔은 어떻게 잡았답니까?"

"요새로 끌어와서 타워로 잡았더군요."

"헐…….''

그리고 그 질문들을 시작으로, 열띤 토론이 진행되기 시작하였다.

현재 용사의 마을 상황을 그냥 흘러가는 대로 지켜보는 것이 맞는 건지, 아니면 어떤 새로운 콘텐츠를 도입하여 균형을 맞춰 보려 하는 것이 맞는 건지 팀장들의 의견은 분분하였다.

"저는 지금 용사의 마을 상황을 그대로 두어도, 장기적으로 가면 어차피 균형이 맞춰질 것이라 생각합니다."

"제 생각은 다릅니다. 이거 이대로 그냥 두면, 차원의 숲에서 진행되는 콘텐츠는 천군 진영에서 계속 승리하게 될 거고, 협곡에서 진행될 콘텐츠는 마군 진영이 계속 해먹게 될 겁니다."

"만약 지수 씨 말씀처럼 그렇게 된다 해도, 결국 지금의 랭커들이 용사의 마을을 졸업하고 나면 해결될 일 아닙니까?"

"맞습니다. 저는 1팀장님 말씀에 동의합니다. 어차피 최상위권 유저들이 졸업하고 나면 다른 유저들로 채워질 텐데, 그렇게 순환되다 보면 밸런스는 알아서 맞춰지겠지요."

그리고 이 회의의 결과는, 결국 좀 더 '지켜보자'는 쪽으로 수렴되었다.

어쨌든 한쪽 진영에서 모든 분야를 압도하고 있는 것은 아니었으니, 그렇게까지 언밸런스한 상황은 아니라는 것이다.

회의를 주도한 나지찬의 생각도, 딱히 그 결과에서 크게 벗어나지 않았고 말이다.

'물론, 뭔가 좀 불안한 느낌이 있긴 하지만…… 어떻게든 되겠지.'

회의실에서 나온 나지찬은, 고개를 절레절레 저으며 기획 3팀의 사무실로 돌아갔다.

새로운 콘텐츠를 개발할 때마다 기획 의도대로 흘러가는

적이 한 번도 없으니.

이제는 몸에 사리가 생길 지경이었다.

'그렇게 대충 만든 콘텐츠들이 아닌데…….'

하지만 그것과 별개로, 지금의 양상이 묘하게 기대되는 부분도 있었다.

어찌 됐든 이대로 양상이 진행된다면, 천군과 마군 진영이 본격적으로 맞붙게 될 '첫 번째 전투'에서는 마군 진영의 전력이 압도적일 게 분명하다.

과연 이러한 상황에서 이안이 어떻게 대처할지 궁금해진 것이다.

제법 오래전.

'리치 킹 샬리언' 에피소드 때부터 인연이 있던 NPC인, 백룡수호대장 카미레스.

이안은 카미레스에게 만날 때마다 좋은 인상을 심어 주었고, 덕분에 그와의 친밀도는 상당한 수준이었다.

물론 티버 정도로 최상급의 친밀도는 아니었지만, 충분히 '우호적'이라고 할 수 있는 친밀도를 가지고 있는 것이다.

그 덕분에 이안은 카미레스의 막사에 어렵지 않게 들어갈 수 있었고, 그에게 도움을 구할 수 있었다.

"오호, 이안, 그대가 정말로 '아이언 스웜'을 처치했다는 말인가?"

"그렇습니다, 장군님. 바로 어제 있었던 일이죠."

"대체 정예병의 계급으로 어떻게 그 괴물을 처치했는지는 모르겠지만…… 내가 사람을 잘못 보지 않았구먼. 자네는 역시 타고난 용사야."

"과찬이십니다."

'프릭스의 검'에 대한 이야기를 꺼내기 위해 부득이하게(?) 이안이 무용담을 늘어놓자, 카미레스는 연신 감탄하였다.

그리고 더해서, 아이언 스웜에 대한 새로운 정보도 하나 얻을 수 있었다.

"광산의 골칫거리이던 거대 지렁이를 퇴치했으니, 이제 한동안 용사들의 광물 채굴이 수월해지겠어."

"음……? 아이언 스웜은 한 번 처치하고 나면 리젠…… 그러니까 다시 나타나지 않는 건가요?"

"아니, 언젠가 다시 나타나기는 할 것이지만, 제법 오랜 시간이 필요하겠지."

"……?"

"충분한 광물을 섭취하기 전엔 아이언 스웜은 지상으로 나오지 않으니 말이야."

"아하."

"자네가 아이언 스웜을 처치했으니 지하 어딘가에 새로운 녀석이 잉태되었겠지만, 놈이 지상으로 나올 때까지는 오랜 시간이 걸린다는 말이었네."

"그렇군요. 그렇다면 그때까지는 얼마나 시간이 필요한 건가요?"

"글쎄, 그건 나도 정확하게 알지 못하네만, 적어도 한두 달 이상의 시간은 걸리겠지."

"아하."

앞으로도 새로운 아이언 스웜을 데려와 공헌도와 마력석 루팡을 하려 했던 이안은, 아쉬운 마음에 입맛을 다셨다.

'쩝. 좀 아쉽긴 하지만 어쩔 수 없지, 뭐.'

하지만 지금 중요한 것은 아이언 스웜이 아니었으니, 다시 본론으로 돌아가, 퀘스트에 대한 이야기를 시작하였다.

"여튼 카미레스 님, 그러한 이유로 '프릭스의 검'에 대한 이야기를 좀 듣고 싶어서 왔습니다."

"후후, 전설의 광물을 얻었으니 당연히 전설의 무기를 만들어 보고 싶겠지."

"그렇습니다."

"뭐, 자네에게 그 정도 정보를 제공하는 것은 어렵지 않아. 우리 천군 진영의 유망주에게 전설의 무기가 생긴다면, 거국적인 측면에서 나쁠 것이 없으니 말이야."

"그렇게 생각해 주신다니, 감사합니다."

"그럼 지금부터, 내가 아는 것들을 이야기해 주겠네."

잠시 뜸을 들인 카미레스는, '프릭스의 검'에 대한 이야기를 천천히 풀어 가기 시작하였다.

그것은, 제법 흥미로운 내용들을 담고 있었다.

용사 프릭스는 일반적인 '인간 영웅'이 아니었다.

그의 종족은, 오래전에 멸망하였다던 거신족이었으니 말이다.

"아마 프릭스가 평범한 인간이었다면, 전설의 무기인 '프릭스의 검'은 결코 만들어질 수 없었을 걸세."

"어째서 그런…… 거죠?"

"프릭스의 검을 설계한 설계도는 평범한 인간 대장장이가 할 수 있는 수준의 것이 아니었으니 말일세."

"……?"

"프릭스는 거신족이었고, 프릭스의 검은 당시 거신족 최고의 대장장이였던 트라피엘이 제작한 무기니까 말이지."

카미레스의 설명에 의하면, 모든 차원계에 존재하는 수많은 종족들 중 거신족의 대장장이 기술이 가장 뛰어나다 하였다.

그리고 특히나 '차원의 힘'을 담은 무기를 제작하는 데에 있어서, 인간은 결코 거신족을 넘을 수 없다고 하였다.

"우리 천군 진영의 수석 대장장이인 티버에게도, 내가 알기로 거신족의 피가 흐르고 있다네."

카미레스의 말에, 이안은 의아한 표정으로 반문했다.

"거신족은 체구가 사람보다 훨씬 크지 않나요?"

"그렇지."

"한데 티버 님의 체격은 그렇게 거구가 아니잖아요."

"그야 티버가 완전한 거신족이 아니기 때문이야."

"음……?"

"티버에게는 거신족의 피가 반의반 정도만 흐르고 있으니까 말이지."

"아하."

"아마 티버가 아니라면, 설계도를 찾는다고 할지라도 전설의 무기를 제작하지 못할 거야."

이종족의 유전자가 절반 정도 섞인 인간을, 카일란에서는 '하프'라고 표현한다.

그리고 그 하프와 인간 사이에서 또다시 생명이 탄생한다면, 그는 하프가 아닌 '쿼터'가 된다.

거신족의 피가 반의반 흐르고 있다는 대장장이 티버의 존재는, 바로 그 '쿼터'인 것이다.

티버에 대한 이야기를 짧게 마친 카미레스가 다시 설계도에 대한 이야기를 이어 가기 시작했다.

"어찌 됐든 지금 중요한 것은 그게 아니고, 설계도에 대한 이야기나 다시 해 보겠네."

"경청하겠습니다."

"좀 전에 내가 거신족의 대장장이 '트라피엘'에 대한 이야기를 했었지?"

"그렇습니다."

"'프릭스의 검' 설계도는 아마 그 트라피엘의 대장간 어딘가에 숨겨져 있을 걸세."

"트라피엘의…… 대장간요? 거신족은 전부 멸망했다 들었는데, 그는 아직 살아 있는 존재인가요?"

"당연히 그건 아닐세. 트라피엘은 이미 수천 년도 전에 명을 달리했으니 말이야."

"……!"

"하지만 그가 용사의 마을에 머물 당시 사용했던 '대장간의 터'는, 아직까지 차원의 숲에 남아 있다네."

여기까지 들은 이안은 전체적인 밑그림을 머릿속으로 대충 그려 볼 수 있었다.

'라피엘은 죽었지만 그가 남긴 유산들이 차원의 숲에 남아 있다는 이야긴가 보네.'

그리고 이안이 머릿속을 정리하는 동안, 카미레스의 설명이 이어졌다.

"자네 혹시 차원의 숲 안에서 만년설이 쌓여 있는 곳을 본 적이 있는가?"

카미레스의 말을 들은 이안은 곧바로 고개를 끄덕였다.

이안이 알기로 차원의 숲에서 하얀 눈이 쌓여 있는 곳은, 차원의 거인이 잠들어 있다는 그 봉우리 하나뿐이었으니 말이다.

'어차피 만년 빙결을 채집하러 가야 할 곳이었는데, 이곳에서 설계도까지 구할 수 있으면 잘됐네.'

설봉雪峯을 다시 한 번 떠올린 이안은, 천천히 입을 뗐다.

"그렇습니다. 그곳에 올라가 보지는 않았지만, 위치는 알고 있습니다."

하지만 이어진 카미레스의 말은, 이안의 예상을 벗어나기 시작하였다.

"자네가 말하는 그 봉우리는, 차원의 거인이 잠들어 있는 곳을 말함이겠지?"

"그렇습니다."

"내가 말하는 곳은 그곳이 아닐세."

잠시 뜸을 들인 카미레스가 천천히 입을 열었다.

"차원의 숲, 북서쪽 끝자락."

"……."

"그곳에 가면, 아주 좁은 공간에 만년설이 쌓여 있는 흔적을 찾을 수 있을 것이네."

"아주 좁은 공간……요?"

"그래. 성인 남성 한 명이 겨우 발을 딛고 설 만큼 좁은 폭으로, 길게 이어져 있는 만년설이 있을 거야."

카미레스가 무슨 말을 하려는 것인지 예측이 불가능한 이안은, 잠자코 그의 말을 경청하였다.

그리고 이어진 그의 말은, 무척이나 흥미로운 것이었다.

"하지만 자네는 그 만년설을 밟거나 만질 수 없을 거야. 그 뒤쪽으로는 아무나 통과할 수 없게 만들어진 결계가 깔려 있으니 말이지."

"결계……요?"

"그래. 그 뒤쪽은 마군 진영과 이어질 수 있는 중립 지역이라, 결계로 막아 놓았거든."

"……!"

잠시 서랍을 열어 뒤적이던 카미레스는 푸른빛이 맴도는 옥패를 하나 꺼내어 이안에게 전달하였다.

"이것을 가지고 가면 결계를 통과할 수 있을 걸세. 결계 안으로 들어가 트라피엘의 대장간 터를 잘 찾아보게."

그리고 마지막으로 카미레스는 단단히 당부하였다.

"하지만 극도로 조심하시게. 방금 말했든 그곳은 중립 지역이라 언제 마군 녀석들을 만나도 이상하지 않은 곳이니 말이야."

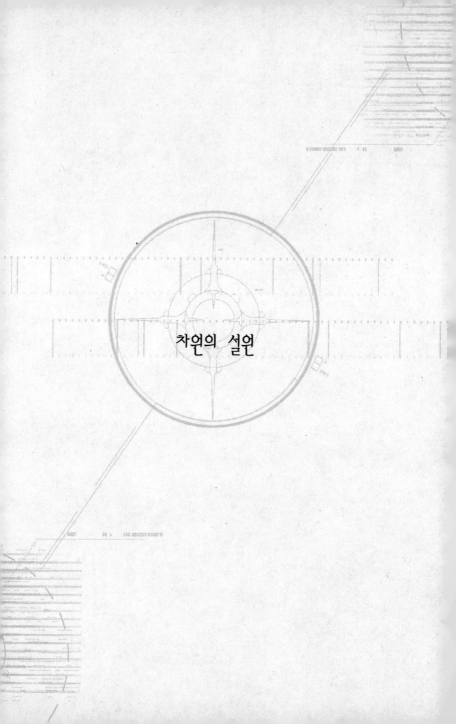

차언의 설언

Taming
Master

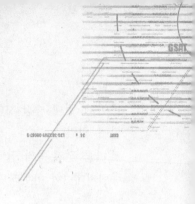

용사의 마을, 그리고 용사의 협곡.

'중간자'가 되기 위한 콘텐츠이자 통합 서버의 첫 번째 콘텐츠인 이 용사 콘텐츠는 모두가 '대칭'의 구조를 이루고 있었다.

기본적으로 모든 콘텐츠가 천군과 마군의 두 진영으로 양분되어 있으니 말이다.

그리고 점점 더 상위 콘텐츠로 올라갈수록 대칭된 두 콘텐츠에 조금씩 접점이 생기게 된다.

간접적인 '경쟁'의 구도에서 시작하여 점점 직접적인 전투가 이뤄지는 구도로 바뀌어 가는 것이다.

예를 들자면, 지금 이안이 향하고 있는 '차원의 설원'.

이 첫 번째 '중간 지대'가, 바로 그런 콘텐츠의 일환이라고 할 수 있었다.

　'마군 진영 쪽의 진행 속도가 얼마나 빠를지는 모르지만, 중립지대니까 아무래도 마족 유저들이 있을 거라 생각하는 게 맞겠지?'

　이안은 결코 마군 진영 유저들의 능력치를 얕보지 않았다.

　지난 수요일의 요일 전투였던 '신의 말판' 전장에서, 최상위권 마족 유저들의 실력을 직접 겪어 보았으니 말이다.

　결국 이안이 승리하기는 하였지만, 그 결과와 별개로 몇몇 유저들은 정말 인정할 만한 실력을 가지고 있었다.

　'만나는 족족 뚝배기를 부수려면, 그동안 쌓인 자원으로 아이템들 좀 더 만들어야겠어.'

　그리하여 이안은 차원의 숲에 입장하기 전까지 또다시 티버의 대장간에 틀어박혔다.

　그동안 쌓인 영웅 점수라면, '용사의 천룡군장 보주' 급의 아이템을 두 피스 정도는 더 만들 수 있을 것 같았기 때문이다.

　엊그제쯤 정령계에 심어 둔 이안의 분신(?)이 드디어 패배하였기 때문에, 더 이상 영웅 점수가 지속적으로 생기지는 않았다.

　그럼에도 불구하고 지금 이안에게는 거의 1만에 육박하는 영웅 점수가 모여 있었다.

'뭐, 도장이야 중간자가 된 뒤에 다시 탈환하러 가도 늦지 않으니까.'

이안은, 그가 거의 전세 놓다시피 한 대장간 구석에 있는 작업대에 자연스럽게 앉았다.

그리고 인벤토리에 모아 둔 광물들과 장비들을 가지고 비장한 표정으로 제작을 시작하였다.

차원의 숲 포털이 열려야 차원의 설원에도 갈 수 있는 것이었으니, 시간은 아직 3~4시간 정도 남아 있었다.

'무기는 보주가 있으니 되었고, 흉갑이랑 신발을 먼저 만들어 봐야겠어.'

이안의 목표는, 다른 '천룡군장'의 아이템을 또 만들어 내는 것이었다.

아직 천룡군장의 보주밖에 없어서 세트 효과를 확인하지는 못하였지만, 분명히 어마어마한 세트 옵션이 붙을 것이라 기대되었기 때문이다.

그리고 그 결과, 이안은 청룡군장 세트의 첫 번째 효과를 개방할 수 있었다.

띠링!

-'티버의 모루'에서 축복의 빛이 일렁입니다.

-'아이템 제작'에 '대성공'하셨습니다!

-뛰어난 등급의 아이템이 제작되었습니다.

-'용사의 천룡군장 흉갑' 아이템을 획득하셨습니다!

번쩍번쩍 빛나는 푸른 빛깔의 흉갑.

하늘빛의 판금에 금빛 문양이 각인된 천룡군장의 흉갑은, 이안의 시선을 단숨에 사로잡았다.

"오오, 간지 터진다!"

그리고 이안이 감탄하는 사이 추가로 떠오르는 두 줄의 메시지.

-'천룡군장'의 아이템을 착용 중입니다.

-흉갑을 교체할 시 세트 효과의 봉인이 해제됩니다.

-'용사의 천룡군장 흉갑' 아이템을 착용하시겠습니까? (Y/N)

메시지를 본 이안은 곧바로 갑옷을 착용하였다.

"당연하지!"

-'용사의 천룡군장 흉갑' 아이템을 착용하였습니다.

-'천룡군장의 첫 번째 세트 효과'가 봉인 해제되었습니다.

이어서 이안의 눈앞에, 흉갑의 정보 창이 주르륵 떠올랐다.

용사의 천룡군장 흉갑

분류 : 가슴 갑옷   **등급** : 유일(초월)

착용 제한 : '정예병' 계급 이상

방어력 : 1,785   **내구도** : 511/511

옵션 : 모든 전투 능력 +50(초월)

공격력 : +525   **피해 흡수** : +15퍼센트

모든 종류의 물리, 마법 공격력 : +5퍼센트

물리 공격을 빗겨 맞을 시, 피해의 80퍼센트를 무효화시킵니다.

5퍼센트의 확률로 '마법' 속성의 공격을 무효화합니다.

*천룡군장의 위엄

기본 지속 효과

정령 마법으로 적에게 치명적인 피해를 입힐 시, 보주의 모든 고유 능력의 재사용 대기 시간이 1초만큼 감소합니다.

적에게 피격당할 시, 5퍼센트의 확률로 '위엄' 효과가 발동합니다.

위엄 효과가 발동하면, 10초 동안 모든 전투 능력이 20퍼센트만큼 증가합니다.

-사용 효과

남아 있는 소환 마력을 전부 소진하여, 반경 50미터 내의 모든 적들을 10초 동안 침묵시킵니다.

남아 있는 생명력의 50퍼센트만큼을 일시에 소진하여, 반경 50미터 내의 모든 적들의 마력(소환 마력)을 전부 태워 버립니다(재사용 대기 시간 : 60초).

-천룡 소환

천룡의 분노가 가득 차올랐을 때, 정령의 힘으로 재현된 천룡(天龍)을 소환하여 전방의 적을 향해 발출합니다.

소환된 천룡은 정령 마력의 1,550퍼센트만큼의 위력을 가지며, 적에게 적중할 시 가장 가까운 곳에 있는 다른 적을 향해 튕겨 나갑니다.

(5미터 이내에 적이 존재할 시에만 발동되며, 최대 10회 튕길 수 있습니다.)

'천룡 소환'으로 적에게 치명적인 피해를 입혔을 시, 분노가 15만큼 추가로 차오릅니다.

(천룡의 분노는, 적을 하나 처치할 때마다 3포인트씩 차오릅니다.)

현재 천룡의 분노 : 0/100

유저 '이안'에게 귀속된 아이템입니다.

다른 유저에게 양도하거나 팔 수 없으며 캐릭터가 죽더라도 드롭되지 않습니다.

*'천룡군장' 세트 아이템입니다.

두 파츠의 세트 아이템을 장착하여, 하나의 세트 옵션이 부여됩니다.

세트 A. 모든 천룡군장 장비의 성능 +10퍼센트(부가 옵션에는 적용되지 지금까지 수많은 장비 아이템들을 보아 온 이안은, 옵션이라는 옵션은 죄다 꿰고 있었다.

아무리 새로운 템이라 하더라도, 대충 읽어 보면 어떤 메커니즘으로 옵션이 구성되어 있는지 금방 파악하는 것이다.

하지만 이번만큼은, 이안도 당황할 수밖에 없었다.

만들어진 천룡군장 아이템의 옵션 구성이, 지금껏 단 한 번도 보지 못했던 형식을 취하고 있었기 때문이다.

'이게 뭐지? 중복 옵션? 그건 아닌데……?'

아인을 당황케한 것은 바로, 아이템의 '고유 능력'이 쓰여 있는 부분.

이안은 처음 그것들을 얼핏 보고는, '천룡군장 보주'와 같은 고유 능력이 붙어 있는 줄로 착각했던 것이다.

고유 능력의 이름부터 시작하여, 설명의 첫 줄까지 완벽히 같았으니 말이다.

하지만 자세히 읽어 보니 그게 아니라는 것을 알 수 있었다.

'모든 천룡군장 아이템의 고유 능력은 옵션을 공유하는 거였구나!'

'천룡군장의 위엄'의 고유 능력을 예로 들자면, 보주만 착용하고 있을 때는 이 고유 능력의 지속 효과가 '재사용 대기 시간 감소' 하나뿐이었다.

하지만 흉갑을 같이 착용하고 나자 그 아래에 '위엄 효과 발동' 옵션까지 추가된 것이다.

게다가 거기서 끝이 아니었다.

지속 효과뿐만 아니라 사용 효과에도 '침묵'에 더해 마력을 태워 버리는 '마나 번' 효과까지 붙었으니 말이다.

'크, 설마 세트 장비 하나 추가될 때마다 이런 식으로 옵션이 진화하는 건가?'

고유 능력 두 개에 지속 효과와 사용 효과의 옵션이 각각 하나씩 추가되니, 총 네 개의 옵션이 더해지는 것과 마찬가지의 효과인 것.

게다가 장비의 성능 +10퍼센트라는 세트 옵션도 별개로 부여되니, 그야말로 '갓' 템이라고밖에 표현이 되질 않았다.

"두 파츠 만드는 데에는 실패했지만, 그래도 생각했던 것보다 옵션이 더 좋으니까……."

시간을 확인한 이안은, 아이템 제작을 접고 인벤토리를 정리하였다.

포털이 열릴 시간인 12시가 이미 넘어 버리기도 했지만, 이 정도면 중립 지역에 들어가도 충분히 활약할 수 있다는 생각이 들었으니 말이다.

"중립 지역에 넘어온 마족 친구들도 있었으면 좋겠는데……."

이안은 기대감이 넘치는 표정으로, 차원의 숲 포털에 들어섰다.

이어서 핀을 소환하여, 순식간에 북서쪽으로 날아가기 시작하였다.

차원의 숲 북서쪽 끝자락에는, 카미레스가 말했던 것처럼 신비한 결계가 설치되어 있었다.

그리고 그가 준 옥패를 사용하자, 이안은 결계를 지날 수 있었다.

-'차원의 옥패' 아이템이 발동됩니다.

-'알 수 없는 결계'의 힘이 일시적으로 흩어집니다.

-'차원의 설원'에 입장하였습니다.

그런데 재밌는 것은, '중립 지역'에 대한 설명들이 시스템 메시지로 함께 떠올랐다는 것이다.

-중립 지역에 입장하셨습니다.

-중립 지역에서 만나는 '마족' 유저들과 전투할 수 있습니다.

-중립 지역에서 '마군' 진영 소속의 적을 처치할 시 많은 공헌도를 획득할 수 있습니다(유저를 처치할 시 처치한 유저가 가진 공헌도의 5퍼센트만큼을 빼앗아 옵니다).

-중립 지역에서 사망할 시 공헌도를 사용하면 용사의 마을에서 바로

부활할 수 있습니다(공헌도 10퍼센트 차감).

……후략……

'크, 이제 며칠만 더 지나면, 중립 지역은 난투장으로 변하 겠구먼.'

이안이 예상하기에 아마 아직까진 중립 지역에 입장한 마 족 유저는 거의 없을 것이었다.

현재 고속도로 달리듯 퀘스트를 진행해 온 이안이 이제 겨 우 중립 지역에 입장한 것이니, 마족 진영 또한 아무리 빨라 도 어제나 오늘 정도에 최초 입장한 유저가 생겼을 거라고 판단했다.

'많아야 두셋일 테고, 아마 한 명도 없을 확률이 제일 높을 테지.'

눈앞에 펼쳐진 설원을 쭉 둘러본 이안은, 가장 먼저 카카 를 소환하였다. 그리고 언제나 그랬듯, 카카에게 정찰 임무 를 내려 주었다.

"카카, 최대한 빨리 넓은 구역을 정찰해 줘."

"뭘 찾으면 되는 거냐, 주인아?"

"마군 진영의 적을 찾으면 돼. 찾으면 곧바로 수정구를 열 어서 알려 주고."

"알겠다, 주인!"

포로롱.

이안에게 임무를 받은 카카는 제법 날렵해진 날갯짓으로

순식간에 전방을 향해 날아갔다.

그렇게 카카가 설원의 깊숙한 곳을 향해 떠나자, 이안은 '마그비'를 소환하였다.

화르륵!

시뻘건 불꽃과 함께 이안의 앞에 나타나는, 커다란 불의 정령.

그동안 제법 많은 정령력을 섭취한 것인지, 마그비의 몸집은 좀 더 커져 있었다.

"자, 마그비, 한동안은 너랑 나랑 둘이서만 한번 움직여 보자."

"나, 싸운다, 좋다."

현재 마그비의 정령력은, 진화에 필요한 10만 중 3만 정도가 채워져 있었다.

하지만 그 정도만으로도 마그비에겐 제법 많은 변화가 있었다.

전투력이 는 것도 그렇지만, 이제 의사 표현을 적극적으로 한다는 것이 가장 큰 발전이었다.

"좋아, 한번 잘해 보자고."

마그비의 머리를 쓰다듬어 준 이안은 마지막으로 할리를 소환하였다.

중립 지역에서는 은밀하게 움직여야 하기 때문에 많은 소환수들을 소환해 둘 생각은 없었다.

'자, 그럼 한번 가 보실까?'

타닷!

가벼운 몸짓으로 할리의 등에 오른 이안은 빠르게 움직여 평원을 달리기 시작하였다.

이곳이 중립 지역인 것과는 별개로, 이안이 가장 먼저 해야 할 것은 '트라피엘의 대장간 터'를 찾아내는 것이었다.

'차원의 설원' 맵은, 맵의 이름에서도 알 수 있듯이 기본적으로 '눈이 쌓인 평원' 형태를 하고 있었다.

하지만 그렇다고 해서 지평선이 보일 정도의 광활한 평원이냐 하면, 그런 것은 또 아니었다.

평원의 곳곳에 눈 쌓인 바위산이 솟아 있었으며, 그 바위산의 사이로는 가파른 설곡들이 즐비했으니 말이다.

'맵도 생각했던 것보다 훨씬 넓고 말이지.'

처음 이곳에 들어올 때 상대 진영을 만날까 조심했던 것이 민망할 정도로.

복잡하고 넓은 지형을 가진 '차원의 설원' 맵.

그런데 두 곳 정도의 눈 덮인 계곡을 지났을 즈음, 이안은 드디어 이 황량한 계곡에서 어떠한 '존재'들을 만날 수 있었다.

그들은 이안이 몬스터라고 오인할 뻔했을 정도로, 마치

'유령'같은 외모를 가지고 있었다.

　-처음 보는 후배님이로구먼. 이 저주받은 땅에는 어쩐 일이신가?

　-오호, 다시 전투가 시작될 시즌인가. 정예병을 이곳에서 만나게 될 줄이야.

　-자네, 이름이 뭔가?

　이안에게 다가와 반가운(?)표정으로 말을 거는 유령들.

　그런 그들을 향해, 이안은 이런저런 질문을 해 보기로 했다.

　어쩌면 괜찮은 정보를 얻을 수 있을지도 모르거니와, 이들이 지금 이안이 찾고 있는 '트라피엘의 대장간 터'에 대해 알고 있을지도 모르니 말이다.

　이안은 최대한 공손히 말을 떼기 시작하였다.

　"전 이안이라고 합니다."

　-오호, 이안이라……. 어디서 많이 들어 본 거 같은 흔한 이름이로구먼.

　-킬킬, 우리 중대에도 분명 이안이라는 이름을 가진 친구가 있었을 테지.

　뭐가 그리 재밌는지, 연신 킬킬거리며 웃어 대는 유령들.

　그런 그들을 향해, 이안은 조심스레 입을 열었다.

　"혹시 선배님들, 제가 궁금한 것들을 좀 여쭤봐도 될까요?"

　그리고 이안의 물음에, 유령들은 무척이나 반기며 대답했다.

　-오오, 물론이지.

　-당연하지. 어서 말해 보시게.

일단 이안은, 이들의 정체를 먼저 알아보기로 했다.

대충 짐작 가는 바는 있었으나, 정확히 해 둬야 운신의 폭을 결정할 수 있을 테니 말이었다.

"제게 '후배님'이라 하셨는데…… 혹시 천군 진영의 용사님들이신가요?"

그리고 이안의 물음에, 유령들은 무척이나 기분 좋은 표정이 되었다.

'용사님'이라는 이안의 말이, 너무 마음에 들었으니 말이다.

─하하, 우리를 용사님이라 불러 줘서 너무 고맙네만. 사실 우리는 자네와 같은 '정예병'이라네.

─후후, 우리 모두 용사가 될 '뻔'한 정예병들이지.

"용사가 될 뻔하셨다니, 그게 무슨 말씀이신가요?"

이안의 반문에, 가장 앞쪽에 나와 있던 유령이 의아한 표정으로 되물었다.

─자네는 지금 이 설원에 용사가 되기 위해 온 것 아닌가?

"네에?"

─이 설원에서 마군 놈들의 목을 베어, 공헌도를 쌓고 용사가 되기 위해서 여기 온 게 아니냔 말이지.

"아하, 그걸 말씀하시는 거였군요. 당연히 그렇습니다. 마군 녀석들의 목을 베고 용사가 되어야죠."

그리고 유령의 그 말에, 이안은 이 상황이 하나둘 파악되기 시작하였다.

'아하, 여기 이 유령들은 천군 출신의 정예병들이었고, 이 설원에서 전투를 벌이다가 사망하여 유령으로 떠도는 건가 보군.'

물론 이 유령들은 NPC이고 이안은 유저이다.

그 때문에 이안은, 이 유령들이 어떤 콘셉트로 이곳에 있는지 알 수 있었다.

'여기서 기다리고 있다가 넘어오는 천군 유저들에게 전투에 대한 도움을 주도록 되어 있는 건가 보네.'

아마 이 유령들이 직접적으로 전투에 참여할 것 같지는 않았다.

이 유령들의 머리 위에는, 누구에게나 있는 생명력 게이지가 보이지 않았으니 말이다.

하지만 그렇다고 해도, 이안의 눈에 이들은 무척이나 쓸모가 많아 보였다.

잘만 구슬리면, 정찰부터 시작해서 시킬 수 있는 역할이 많을 테니 말이었다.

상황을 파악한 이안은, 일단 필요한 정보를 물어보기 시작하였다.

"그나저나 선배님들, 혹시 제가 몇 가지 좀 여쭤도 되겠습니까?"

─아까 대답했다시피, 궁금한 게 있다면 얼마든지 물어보시게.

"예, 그럼 거두절미하고 여쭙겠습니다. 혹시, 선배님들께선 '트라피엘'이라는 대장장이에 대해 알고 계십니까?"

그리고 이안의 질문이 떨어짐과 동시에, 유령들은 무척이나 놀라는 표정이 되었다.

정확히는 '트라피엘'이라는 이름 때문인 듯했다.

—오오, 자네가 어떻게 그를 아는 거지?

—트라피엘 님이라면 모를 수가 없지. 우리 천군 진영의 영웅인데 말이야.

—전설의 대장장이이신 트라피엘 님을 모른다면 천군이 아니라 간첩이라 할 수 있지.

유령들의 반응에, 이안의 표정이 눈에 띄게 밝아졌다.

트라피엘을 안다면, 그의 대장간 터를 알 확률도 높았으니 말이었다.

"그렇다면 혹시, 그 트라피엘 님이 쓰시던 '대장간 터'가 어딘지도 알고 계신가요?"

이안의 질문이 조금 의외였는지 유령 중 하나가 의아한 표정으로 되물었다.

—뭐, 그거야 어렵지 않게 찾아 줄 수 있네만……. 그게 왜 궁금한 겐가?

유령의 물음에 순간적으로 말문이 막힌 이안.

'뭐라고 설명해야 하지?'

하지만 결국 이 NPC들도 다 천군 진영의 인물들이었고, 그 때문에 이안은 솔직히 이야기해도 괜찮다고 판단하였다.

이안의 입이 다시 열렸다.

"전설의 무기……를 만들고자 합니다."

−……!

−전설의…… 무기?

"트라피엘 님을 아신다니, '프릭스의 검'에 대해서도 아시 겠죠?"

이안의 말에, 유령들은 고개를 끄덕이며 대답하였다.

−당연히 알지.

−프릭스의 검이라……. 크, 프릭스 님의 용맹한 자태가 떠오르는군.

"그 '프릭스의 검'을 설계한 설계 도안이 필요합니다. 아마 트라피엘 님이 작업하시던 대장간 터에 그게 있을 거고요."

유령들은 이제, 이안에게 필요한 것이 뭔지 이해한 듯 보 였다.

단순해서인지, 표정에 감정이 아주 잘 드러나는 친구들이 었으니 말이다.

그리고 유령들은, 이안에게 대답하기 전에 자기들끼리 뭔 가를 수군거리기 시작하였다.

'저놈들……. 지들끼리 무슨 얘길 하는 거지?'

이안은 유령들이 나누는 대화가 궁금하여 귀를 쫑긋 세워 보았지만, 웅성이는 소리밖에 들리지 않았다.

분명 소리가 작은 것은 아니었는데, 유령들끼리의 대화는 들을 수 없도록 설정되어 있는 듯했다.

'그래도 저렇게 뭔가 얘기한다는 건. 도안의 행방에 대해 알고 있다는 건가?'

그리고 이안이 이런저런 생각을 하는 동안, 회의(?)를 마친 유령들이 다시 이안의 앞으로 둥둥 떠 왔다.

이어서 가장 앞쪽에 선 유령이, 이안을 향해 입을 열었다.

-자네, 프릭스의 검 설계 도안이 필요한 거지?

이안은 곧바로 고개를 끄덕이며 대답하였다.

"그렇습니다."

-일단 결론부터 말하자면 우린 그 도안을 찾아 줄 수 있다네.

"……!"

-한 반나절 정도 고생하면 충분히 찾을 수 있을 거야.

"감사합니다……!"

유령의 말에, 이안은 기분이 좋아졌다.

설원 맵이 생각했던 것보다 훨씬 넓어서 도안을 찾는 것이 힘들 줄 알았는데, 이렇게 술술 풀렸으니 말이다.

하지만 유령들의 이야기는, 거기서 끝이 아니었다.

-단, 그 전에 한 가지 조건이 있네.

이안은 고개를 주억거렸다.

아무런 조건 없이 설계 도안을 구해 주리라고는, 처음부터 생각도 하지 않았으니 말이다.

"말씀하세요. 들어드릴 수 있는 거라면 뭐든 들어드리죠."

그리고 이안의 대답에, 이번에는 유령들이 잠시 머뭇거

렸다.

'대체 무슨 말을 하려고 뜸을 들이는 거야?'

이어서 잠시 후, 유령들의 조건을 들은 이안의 두 눈이 살짝 확대되었다.

-프릭스는 우리 천군 진영의 전설적인 용사일세.

"알고 있습니다."

-그가 전설의 검을 쥘 수 있었던 이유는, 그만큼 그의 용맹이 출중했기 때문이지.

"……?"

-자네의 용맹을 증명해 보이게. 설원 동쪽의 마군 야영지에 가서 마군들을 열 놈 이상 해치우고 돌아온다면, 자네의 용맹을 인정해 주도록 하지.

그리고 유령의 말이 끝난 순간, 이안의 눈앞에 새로운 시스템 메시지들이 울려 퍼졌다.

띠링!

-'용맹을 증명하라!' 퀘스트가 발동합니다.

'용맹을 증명하라! (히든/에픽)'

전설의 무기를 만들고자 하는 당신에게는, 과거 전설의 무기였던 '프릭스의 검'의 도안이 필요하다.

그리고 차원의 설원에서 만난 '천군 정예병의 망령'들은 이 도안을 찾을 수 있는 것처럼 보인다.

그런데 이 망령들은, 당신의 용맹을 확인하기 전까지 도안을 찾아 줄 수 없다고 한다.

전설의 무기를 가질 자격이 있는지, 확인해 보아야 한다는 것이다.

망령들은 당신에게, '용맹'을 증명할 것을 제안하였다.

당신이 만약 혼자의 힘으로 '마군 정예병'들을 처치하고 돌아온다면, 그들에게 용맹을 증명할 수 있을 것이다.

설원 동남쪽에 있는 '마군 야영지'로 가서 마군의 정찰대를 암습하자.

열 명의 마군들을 처치하고 돌아온다면, 망령들은 기꺼이 당신에게 도안을 넘겨줄 것이다.

퀘스트 난이도 : AAA(초월)

퀘스트 발동 조건 :

'전설의 무기 제작 (에픽)(히든)' 퀘스트 보유

'정예병' 계급 이상 보유

퀘스트 진행 조건 : 파티를 하지 않고 혼자 움직여야 퀘스트가 진행됩니다.

제한 시간 : 360분

*'마군' 소속의 적 열 명을 처치하면 퀘스트가 완료됩니다.(유저, NPC 무관, 정예병 이상의 계급만 인정)

보상 : '프릭스의 검 설계 도안', 공헌도 500

*유저에 따라 보상이 달라집니다.

퀘스트의 내용은 어렵지 않았다.

마군 소속의 정예병 이상을 열 놈 처치하고 돌아오면, 그것으로 끝이었으니 말이다.

하지만 이안의 눈길을 사로잡은 것은, 무려 트리플A 등급의 퀘스트 난이도였다.

'중간계에서 이런 난이도는 본 적이 없는데…….'

심지어 파티를 할 수 없다는 조건까지 붙어 있는 것을 보니 얼마나 어려울지 짐작할 수 있었다.

절로 마른침이 넘어가게 만드는 어마어마한 난이도인 것이다.

꿀꺽.

그리고 그런 난이도를 증명이라도 하듯 유령들이 이안을 향해 몇 마디 덧붙였다.

—하지만 이안, 무리는 하지 마시게.

"……?"

—전설의 무기를 가질 자격은, 아무에게나 있는 것이 아니니 말일세.

—사실 우리는, 자네가 이 임무를 성공할 수 있을 것이라고는 거의 기대하지 않는다네.

—혼자 마군 진영의 야영지에 침입한다는 건, 그야말로 자살행위이기 때문이지.

앞에서 저마다 한마디씩 하는 유령들을 보며, 이안은 더욱 오기가 생기는 것을 느꼈다.

'난이도에 불가능이라고 찍혀 있어도 도전할 판인데, 고작 트리플A 가지고 저런 호들갑이라니.'

피식 웃은 이안은, 다시 유령들을 향해 입을 열었다.

그는 한마디 한마디에 또박또박 힘주어 말하기 시작하였다.

"제 걱정이라면 붙들어 매시고, 저 없는 동안 도안이나 찾아 두시죠, 선배님들."

—흠……?

"제가 금방 가서, 뚝배기 정확히 열 개 터트리고 올 테니까요."

-뚝배기……? 그게 뭐야?

유령들이 웅성이든 말든, 이안은 옷매무새를 가다듬고는 걸음을 돌렸다.

퀘스트를 받았기 때문인지, 미니 맵에는 어느새 마군 진영의 위치를 알리는 화살표가 떠올라 있었다.

유령들은 설원의 동남쪽에 마군의 진영이 있다고 하였다.

그리고 당연한 얘기겠지만, 이 설원 안에는 천군의 진영도 존재했다.

이안은 알지 못했지만, 설원의 서남쪽에 천군 진영 야영지가 있었으니 말이다.

원래 이 설원으로 처음 입장하는 유저는 중립 지역의 최전방 천군 진영인 야영지를 통해서 들어오게 되는 것.

그렇다면 왜 이안은 천군 진영을 통하지 않고 남쪽 결계를 통해 들어오게 된 것일까?

그 이유는 간단했다.

원래대로라면 이 중립 지역에 들어오기 위해선 '전투 클래스'의 메인 퀘스트인 '거인 레이드'를 세 번째 단계까지 클리어해야 했는데, 이안의 경우 생산 클래스 히든 클래스를 통해 특이한 루트로 입장하게 된 것이니 말이다.

어쨌든 그러한 사실과는 별개로, 이안은 설원 동남쪽을 향해 빠르게 이동하고 있었다.

혹시 모를 상황에 대비하기 위해 항상 카카를 앞세워 일정 거리를 띄운 채 이동하였다.

"카카, 앞쪽에 아직 마군들은 안 보이지?"

"그렇다, 주인아. 보이면 바로 신호 주겠다."

"오케이, 알겠어."

그리고 이안은, 대략 20~30분 정도를 이동했을 때 드디어 마군 야영지의 위치를 찾아낼 수 있었다.

설원은 차원의 숲보다도 훨씬 복잡하고 넓었지만, 미니 맵이 친절하게 위치를 안내해 줬기 때문에 금방 찾아낼 수 있었던 것이다.

하지만 진영을 발견한 이안은, 곧바로 공격에 나서지 않았다.

"하아……. 진영에 쳐들어가는 게 왜 자살행위라고 했는지 알겠네."

멀리서 카카의 마법 구슬을 통해 확인한 마군 진영의 모습은 정말 어마어마했기 때문이었다.

'마군 놈들이 개미떼같이 많은 거야 그렇다 쳐도, 무슨 야영지에 방어 타워까지 있냐.'

구슬을 통해 이안이 확인한 마군들의 숫자는 어림잡아 보아도 수백 이상은 되어 보였다.

게다가 처소 곳곳에 망루와 함께 타워도 설치되어 있었으니, 아무리 이안이라 해도 전면전은 자살행위라 할 수 있었다.

'타워가 기본 타워처럼 보이긴 해도 저거 두세 대 맞으면 바로 사망이겠지.'

이안은 일단 높은 바위봉우리에 올라가 야영지의 모습을 관찰해 보기로 했다.

가장 허술한 지역이 어딘지 파악하고 야영지의 구조를 꿰고 있어야, 몇 명이라도 암살하고 빠져나올 수 있는 각을 재볼 수 있기 때문이었다.

"할리, 저 위까지 올라가자. 최대한 숨어서 올라가야 해."

크룽— 크르릉—!

할리의 등에 오른 이안은, 빠른 속도로 돌산을 타고 오르기 시작하였다.

만년설이 쌓여 있어 무척이나 미끄러웠지만, 할리의 민첩성이 워낙 높았기 때문에 그다지 문제가 되지는 않았다.

타탓—!

"웃—차."

이어서 봉우리에 오른 이안은 인벤토리에서 망원경을 꺼내어 들었다.

그것은 오래 전에 탐험가 릴슨에게서 빼앗다시피 받아 온 전설 등급의 유물 아이템이었다.

"흐음…… . 야영지 내부 구조는 엄청 단순하네. 그나마 다행인 건가?"

마군 진영의 야영지는 삼면이 바위산으로 둘러싸여 있는 천혜의 요새였다.

하지만 이안에게는 오히려 그것이 더 유리하게 작용하였다.

아무래도 돌산으로 막혀 있는 부분의 방어 시설들이 취약했는데, 할리와 핀이 있는 이안은 얼마든지 돌산을 넘어 침입할 수 있었으니 말이다.

'다 잡고 도망갈 때도 이편이 더 유리하고 말이지.'

망원경에 눈을 가져다 붙인 채, 진영의 곳곳을 열심히 탐색하는 이안!

그런데 잠시 후.

"……!"

뭔가를 발견했는지, 이안의 두 눈이 크게 확대되었다.

"오호, 이건 좀 꿀인데?"

야영지 정문을 통해 너댓 명 정도의 마군 NPC들이 나오는 것이, 이안의 시야에 잡힌 것이다.

이안은 망원경을 더욱 확대하여, 그들을 자세히 살펴보았다.

−마군 정예병 쿠르투스 : Lv.18(초월)

−마군 용사 포르기스 : Lv.25(초월)

−마군 정예병 켈프 : Lv.18(초월)

……후략……

그리고 그들의 면면을 확인한 이안은, 자신도 모르게 망원경을 움켜쥔 손에 힘을 주었다.

'초월 레벨도 생각보다 좀 높고, 용사 계급도 하나 껴 있잖아?'

마군 병사들의 전력이 생각보다 강력하자 긴장되기 시작한 것이다.

'그래도 이런 기회를 놓칠 수는 없지. 레벨들은 높아도 장비는 허술해 보이니, 충분히 해 볼 만할 거야.'

야영지의 정문을 나선 다섯 명의 마군 병사들은 정찰이라도 하기 위함인지 어디론가 이동하기 시작하였다.

그것을 본 이안은, 곧바로 카카에게 오더하였다.

"카카, 들키지 말고 저놈들 따라붙어 줘."

"알겠다, 주인."

"네가 안 죽는 것과 별개로 들키지 않는 게 더 중요하니까, 거리 좀 유지하면서 따라붙도록 해."

"정찰 원데이, 투데이 아니다, 주인아."

"후, 길드원한테 이상한 말투는 또 배워 가지고…….'

카카는 수정구를 계속해서 켜 둔 채, 빠르게 놈들을 따라

붙기 시작하였다.

그리고 할리에 다시 올라탄 이안도, 그 뒤를 바짝 쫓기 시작하였다.

'야영지와 거리가 좀 벌어지면, 그대로 기습해야겠어.'

한차례 마른침을 삼킨 이안은, 전투에 들어가기 전 마지막으로 장비들의 상태를 점검해 보았다.

오랜만에 전투다운 전투를 하게 될 것 같아, 긴장감과 동시에 기대감이 이안의 가슴속에 차올랐다.

"쿠르투스, 그쪽에도 딱히 마땅한 위치가 없지?"

"그렇습니다, 대장. 아무래도 본진 같은 입지는 찾기가 힘들 것 같습니다."

"후우……. 하긴. 바위산을 등진 평지 같은 지형이 또 있기는 힘들겠지."

이안이 발견했던 마군 진영의 다섯 병사들.

당연한 이야기였지만 그들은 NPC 병사들이었다.

"두 개 조로 나눠서 움직이는 게 좋을 것 같습니다, 대장."

"흐음……. 켈프, 그러다가 천군 진영의 정찰대라도 만나면?"

"천군 진영은 서쪽 끝자락에 있는 것으로 알고 있습니다.

여기까지 벌써 놈들이 왔을 리는 없습니다.”

“하긴, 그것도 맞는 말이군.”

“우선 전진기지의 터를 빨리 찾는 것이 중요하니, 두 개 조로 이동하죠, 대장.”

“좋다. 그럼 쿠르투스랑 내가 북쪽으로 움직일 테니, 너희 셋이 서남쪽으로 이동해.”

“예, 대장!”

“알겠습니다, 대장!”

“너무 멀리 움직이진 말고. 무슨 일 있으면 곧바로 지원해야 하니까.”

“예썰!”

이 다섯의 NPC들의 역할은, 이안이 생각했던 것처럼 마군 진영의 정찰병이었다.

그리고 이들이 맡은 임무는, 서쪽으로 전진기지를 건설할 터를 찾는 것이었다.

전진기지를 차근차근 건설하면서 이 설원을 최대한 넓게 점거해야, 천군 진영과의 싸움에서 유리하기 때문이었다.

“흐음…… 지형이 좀 별로더라도 자원이라도 풍부한 위치를 찾았으면 좋겠는데.”

세 명의 정예병들을 묶어서 서남쪽으로 보낸 ‘포르기스’는, 쿠르투스와 함께 북쪽으로 이동하기 시작하였다.

부하들에게야 천군 진영을 만날지도 모른다며 주의를 요

구하기는 하였지만, 사실 그럴 리 없다는 건 그가 제일 잘 알고 있었다.

'천군 진영에서 벌써 동쪽까지 넘어왔을 리는 없을 테니 말이지.'

하여, 온통 좋은 지형을 찾는 데만 정신이 팔려 있는 마군 진영의 용사 포르기스.

그런데, 그렇게 5분 여 정도가 지났을까.

"커헉!"

바위산을 뒤지던 포르기스는 후방에서 들려온 신음 소리에 놀라서 고개를 돌렸다.

"무슨 일이야!"

하지만 그가 고래를 돌렸을 땐.

피핑- 피피핑-!

이미 다섯 발도 넘는 불화살이 그의 흉갑에 틀어박힌 후였다.

퍼어엉-!

5인의 정찰대를 추적하던 이안은, 야영지와의 거리가 충분히 떨어졌다고 판단되자 마그비를 소환하였다.

화르륵-!

지금 상황에서 이안이 생각하는 최고의 전략은, 다름 아닌 게릴라 전략.

'지형이 험준하니, 적당히 거리를 두고 숨어서 저격하는 게 가장 효과적이겠어.'

심지어 다섯 명이 또 두 무리로 쪼개진 지금이라면, 이안은 절대로 지지 않을 자신이 있었다.

'용사 계급이 포함되어 있긴 하지만, 일단 둘이 묶여있는 쪽부터 먼저 제거하는 게 맞겠지.'

할리에서 내려 바위틈에 자리를 잡은 이안은, 화염시를 소환하여 활시위를 팽팽하게 잡아당겼다.

그의 첫 번째 타깃은 살짝 뒤쳐져 따라가고 있는 정예병 등급의 마군 병사.

'지금······!'

완벽한 각을 잡은 이안은, 당겼던 활시위를 망설임 없이 놓았다.

그리고 연속해서, 미친 듯이 활시위를 당기기 시작하였다.

피핑- 피피핑-!

지금 이안이 자리 잡은 위치는, 두 명의 마군 병사가 걷고 있는 위치보다 훨씬 더 높은 고지대였다.

하여 지금의 구도는 이안이 마군 병사들을 내려다보고 있는 형국.

때문에 이안의 화살을 피할 수 있는 장애물 따위는 거의 없다고 보는 것이 맞았고, 이안의 화살들은 정확히 목표물을 향해 쏘아졌다.

퍼퍽-!

-고유 능력 '지옥의 화염시'를 발동합니다.

-'마군 정예병 쿠르투스'에게 치명적인 피해를 입혔습니다!

-'지옥불' 표식이 생성됩니다.

-'마군 정예병 쿠르투스'의 생명력이 892만큼 감소합니다!

-'마군 정예병 쿠르투스'에게 치명적인 피해를 입혔습니다!

-'지옥불' 표식이 생성됩니다.

-정령 '마그비'의 고유 능력, '불의 악마'가 발동합니다.

-정령 '마그비'의 화염시가 '마군 정예병 쿠르투스'에게 치명적인 피해를 입혔습니다!

-'지옥불' 표식이 생성됩니다.

……중략……

-'지옥불' 표식이 최대치로 중첩되어, 표식이 강력한 폭발을 일으킵니다.

-'마군 정예병 쿠르투스'의 생명력이 1,975만큼 감소합니다!

-'지옥의 화염시' 고유 능력의 재사용 대기 시간이 초기화됩니다.

한번 화염시를 소환했을 때, 이안이 연사할 수 있는 불화살은 최대 스무 발이다.

하지만 그것과 별개로 이안이 쏘아내는 불화살은, 정령력이 허락하는 한 거의 무한대라 할 수 있었다.

표식이 폭발하면 화염시 자체의 재사용 대기 시간이 초기화되어 버리니 계속해서 연사가 가능한 것이다.

게다가 천룡군장을 2세트까지 맞춘 지금, 이안이 쏘는 불화살의 위력은 지랄맞기 그지없었다.

무려 18레벨이라는 높은 초월 레벨을 가진 마군의 정예병 쿠르투스의 생명력이, 벌써 50퍼센트 밑으로 떨어졌을 정도이니 말이다.

이것은 이안조차도 놀랄 만한 어마어마한 위력이었다.

'크, 저 녀석들 방어구가 허접해서 그런가? 딜 차지게 잘 박히는구먼!'

신이 난 이안은, 이번엔 타깃을 바꿔 '용사'계급의 마군 병사를 향해 화살을 퍼부었다.

화살에 난자당한 쿠르투스가 황급히 몸을 굴러 바위 뒤편으로 숨어 버렸기 때문이었다.

'그래, 거기 잠깐 숨어 있으면 형이 금방 안식을 찾아 줄게.'

이어서 신나게 화살을 퍼부은 이안은 숨어 있던 자리에서 용수철 튕기듯 튕겨 올라왔다.

원래는 계속해서 저격 위주로 녀석들을 사냥하려 했었지만, 이제는 그럴 이유가 없어진 것이다.

'저놈들은 생각보다 약하고, 내 활은 생각보다 강했으니까.'

타탓-!

심지어 이안은, 쏘아낸 화살이 제대로 목표물에 맞는지조차 확인하지 않은 채 그대로 놈들을 향해 뛰어내리기 시작하였다.

화살은 이안이 굳이 보고 있지 않아도 어차피 목표물에 맞을 테니 말이다.

우우웅-!

이어서 이안이 든 천룡군장의 보주가 푸른 보랏빛으로 빛나기 시작하였다.

이안은 두 마군 병사에게 세트 아이템으로 강화된 '천룡 소환'을 시험(?)해 볼 생각이었다.

'미리 분노를 꽉 채워 놓길 잘했어. 이런 소규모 전투에선 분노를 채울 방법이 없을 테니까.'

천룡군장 세트의 고유 능력인 천룡 소환은, '천룡의 분노'를 100스택 쌓아야 발동시킬 수 있는 '필살기' 격의 고유 능력이다.

그리고 이 스택은 적을 한 명 처치할 때마다 3포인트씩 쌓인다.

하지만 이안이 지금까지의 전투에서 미리 스택을 쌓아 놓았기 때문에, 첫 번째 한 방은 이렇게 발동시킬 수 있는 것이다.

펄럭-!

높은 바위봉우리에서 뛰어내리자, 이안의 망토가 펄럭였다.

그리고 그 소리를 들은 것인지, 커다란 바위 뒤쪽에 몸을 숨겼던 두 마군 병사가 두 눈을 부릅뜨고 하늘을 올려다보았다.

하지만 당연히도 그들이 이안을 발견했을 때는, 이미 늦은 시점이었다.

"잘 가라, 친구들. 아마 이건 좀 아플 거야."

콰아아아—!

이안의 손에 들린 푸른 보주에서, 이미 거대한 보랏빛 기운이 뿜어져 나오기 시작했으니 말이었다.

너무도 당연한 이야기겠지만, 이안을 비롯한 모든 유저들의 초월 레벨은 10이다.

용사 등급이 되고 이 용사의 마을을 졸업하기 전까지, 10 이상의 초월 레벨은 올릴 수 없으니 말이다.

반면에 지금 이안이 상대하는 마군들은 개중 레벨이 낮은 녀석도 18이라는 높은 레벨을 가지고 있었다.

그렇다면 기획 팀에서는 어떻게 밸런스를 조절할 생각으로 유저들과 NPC 사이에 이렇게 큰 레벨 차이를 만들어 두었을까?

그에 대한 답은 두 가지였다.

첫째는 컨트롤발. 그리고 둘째는 템발.

용사의 마을 각 진영의 NPC 병사들은, 각각 본인의 계급에 맞는 가장 기본적인 장비들을 착용하도록 설정되어 있다.

반면에 유저들은, 이안이 그랬듯 얼마든 노력하면 상위 등급의 장비를 제작하고 구하는 것이 가능하다.

이 아이템 우위를 통해 레벨 차이로 인한 스텟 격차를 최대한 줄여 놓고, 컨트롤로 승부하여 NPC들을 상대하라는 것이 기획 팀의 기획 의도였던 것.

그리고 이안은 그 기획 의도를 너무도 충실하게 따르고 있었다.

컨트롤이야 말할 것도 없는 부분이었고, 장비 또한 필요 이상(?)으로 충실히 제작하였으니 말이다.

그리고 지금 그 결과가 이안의 보주에서 쏟아져 나오는 거대한 보랏빛 천룡天龍이었다.

콰아아아-!

마치 모든 것을 집어삼키기라도 할 듯 거대한 입을 쩍 벌린 채 마군 NPC를 향해 쇄도하는 이안의 천룡.

크어억!

그리고 이 천룡 소환이 무서운 것은 타깃팅 스킬이라는 것이었다.

천룡이 한 번 목표물을 선택하면 실드나 무적 계열의 스킬로 막지 않는 이상 피할 수 없으니 말이다.

촤아아ー!

때문에 이안의 기습을 받은 두 마군 병사는, 속절없이 사나운 용아龍牙에 물어뜯기고 말았다.

－고유 능력 '천룡 소환'을 발동하였습니다.

－'마군 정예병 쿠르투스'에게 치명적인 피해를 입혔습니다!

－'마군 정예병 쿠르투스'의 생명력이 4,720만큼 감소합니다!

－'천룡의 분노'가 15포인트만큼 차오릅니다!

－'마군 용사 포르기스'에게 치명적인 피해를 입혔습니다!

－'마군 용사 포르기스'의 생명력이 3,954만큼 감소합니다!

－'천룡의 분노'가 15포인트만큼 차오릅니다!

……후략……

게다가 여기서 끝이 아니었다.

이안의 보주에서 쏟아져 나간 천룡은 마치 마법사의 전격 스킬 중 하나인 '체인 라이트닝'처럼 지속적인 피해를 입혔다.

두 마군 병사의 몸을 타고 번갈아 이동하며 미친 듯이 물어뜯는 것이다.

타깃이 둘밖에 없으니, 계속해서 번갈아 가며 피해를 입는 것.

－'마군 정예병 쿠르투스'의 생명력이 2,650만큼 감소합니다!

－'마군 용사 포르기스'의 생명력이 1,922만큼 감소합니다!

－'마군 정예병 쿠르투스'의 생명력이 1,595만큼 감소합니다!

-'마군 용사 포르기스'의 생명력이 1,011만큼 감소합니다!

……후략……

물론 후속으로 들어간 공격은 최초에 공격했을 때만큼 강력한 파괴력을 지니지는 않았다.

한번 퉁겨서 다음 공격으로 넘어갈 때마다 일정 수준의 위력이 감소하니 말이다.

하지만 그것으로도 두 마군 병사를 처치하기엔 부족함이 없었다.

천룡의 기운이 총 여섯 번 퉁겨 나갔을 때…….

"크헉, 이게 무슨……!"

"제, 제길…….''

두 명의 마군 병사는, 근처에 있을 동료들을 불러 보지도 못한 채, 그대로 회색 빛깔로 변해 버리고 말았으니까.

그리고 그것을 보며, 이안의 눈빛이 반짝였다.

마군 병사를 처치하는 것이 얼마나 큰 공헌도를 줄지 궁금했던 것이다.

'유저를 처치할 땐 보유 공헌도의 5퍼센트를 빼앗아 온다고 했었는데, NPC를 처치할 땐 얼마나 들어오려나.'

이어서 이안이 기다렸던 시스템 메시지들이 떠오르기 시작하였다.

띠링-!

-최초로 마군 진영의 '용사'등급 정찰병을 처치하셨습니다.

-최초 보상 500퍼센트가 적용되어, 공헌도가 4,500만큼 상승합니다.

-최초로 마군 진영의 '정예병' 등급 정찰병을 처치하셨습니다.

-최초 보상 500퍼센트가 적용되어, 공헌도가 2,000만큼 상승합니다.

-'용맹을 증명하라! (히든)(에픽)'퀘스트의 조건을 일부 달성하였습니다
(현재까지 처치한 마군 병사 2/10).

……후략……

그리고 메시지를 확인한 이안은 두 눈이 휘둥그레지고 말
았다.

'뭐? 이 두 놈 잡은걸로 공헌도 6천 5백이라고?'

지금 이안의 공헌도는 1만은 겨우 넘은 수준이다.

처음 용사의 마을에 들어온 뒤부터 지금까지 악착같이 모
은 공헌도가 그 정도인 것이다.

한데 지금 단 두 놈을 잡았을 뿐인데, 그 절반도 넘는
6,500의 공헌도를 획득해 버렸다.

입이 쩍 하고 벌어질 수밖에 없는 것이다.

'잠깐, 이거 최초 보상 5배를 제외하더라도 용사 등급은 한
명당 900공헌도. 정예병도 명당 400공헌도잖아.'

그리고 여기까지 생각이 미친 이안의 잔머리가, 또다시 빠
르게 굴러 가기 시작하였다.

처음 이 설원에 입장했을 때 꼼꼼히 봐 두었던 시스템 메
시지들을 떠올린 것이다.

'분명 시스템 메시지상으로는 중립 지역에서 사망하면 공

헌도 10퍼센트를 써서 부활할 수 있다고 했었어.'

보유 공헌도의 10퍼센트를 사용해서 아무 페널티 없이 부활할 수 있다는 것.

사실 보유 공헌도의 10퍼센트라는 수치는 결코 적은 것이 아니었다.

피땀 흘려 모은 공헌도를 일순간에 10퍼센트 날린다는 것은, 사실상 접속 불가 페널티보다 더 클 수도 있는 것이니 말이다.

하지만, 지금 이안의 상황이라면 이야기가 좀 달랐다.

최초 보상 보너스가 포함된 것이기는 하지만, 한 순간에 보유 공헌도가 1.5배 이상으로 뻥튀기되었으니 말이다.

지금 당장 죽더라도, 이안의 입장에서는 손해 볼 게 없는 수준인 것.

'현재 내 공헌도는 대충 1만 7천 정도……. 만약 내가 1만 정도 공헌도를 추가로 뽑아먹을 수 있다면, 10퍼센트쯤 부활하는 데 쓰더라도 엄청난 이득이잖아?'

만약 이안이 1만의 공헌도를 추가로 얻고 장렬히 전사한다면, 부활하는 데 공헌도를 써 버린다 해도 총 2만 7천의 공헌도에서 10퍼센트가 차감된 24,300의 공헌도가 남을 것이다.

그냥 대충만 계산해 봐도, 어마어마하게 남는 장사인 것이다.

'만약 내가 마군 야영지에 미친 척하고 쳐들어간다면 몇 놈이나 잡을 수 있을까?'

지금 이안이 머릿속에 떠올린 것은 바로, 자폭 테러 전략이었다.

아예 죽음을 염두에 두고 마군 진영에 쳐들어가서 최대한 많은 마군 병사들을 학살하고 장렬히 전사하는 것.

'정예병으로 한 열 놈만 잡아도 공헌도가 4천이야. 그리고 이 정도 수준의 녀석들을 상대하는 거라면……. 열 놈이 아니라 스무 명도 잡을 수 있겠지.'

머릿속으로 열심히 계산을 두들기며, 전략을 점점 구체화시켜 가는 이안!

그리고 그 결과…….

'이거, 충분히 해 볼 만한 도박인데……?'

넘치는 가능성을 본 이안의 두 눈동자가, 초롱초롱 빛나기 시작하였다.

"와아, 팀장님, 팀장님, 이거 보셨어요?"

"뭔데, 윤조 씨, 갑자기 왜 그렇게 호들갑이야?"

"마군 진영에 '카이'라는 유저 아시죠?"

"그야 당연히 알지. 지금 그 친구가 마군 공헌도 랭킹 1위인데.”

“이 유저, 마력 결정 파괴 퀘스트에서 히든 피스 찾은 것 같아요.”

“오호, 그래? 히든 피스라면, 마력의 피뢰침?”

“네. 그거요.”

기획 3팀의 팀원인 오윤조는 용사의 마을 마군 진영 분석 담당이었다.

때문에 그녀는 하루 종일, 마군 진영의 상위 랭커들 위주로 모니터링하고 있었다.

“지금 1시간 사이에 결정 벌써 열 개도 넘게 부순 것 같아요. 오늘 획득한 공헌도만 3천이에요.”

“3천이라……. 그래서 지금까지 총 공헌도가 몇인데?”

“현재 카이의 누적 공헌도가 1만 2천 정도. 그 바로 뒤에 바싹 추격 중인 센트로 유저의 누적 공헌도가 1만 1천 정도. 9천대인 림롱과는 차이가 좀 벌어졌네요.”

“흐음, 그렇군.”

그런데 팀장인 나지찬에게 보고를 올리던 오윤조는 곧 의아한 표정이 될 수밖에 없었다.

카이와 센트로가 히든 피스를 찾은 것은 전반적인 용사의 협곡 판도에 지대한 영향을 미칠 만한 것이었는데, 그것을 들은 나지찬의 반응이 너무도 밋밋했으니 말이다.

“팀장님, 이거…… 이대로 괜찮은 거 맞아요?”

"뭐가?"

"아니, 진영 간 밸런스요. 이안이 생산 진영에서 활약하고 있다고는 하지만 이렇게 되면 이제 공헌도도 역전당했잖아요."

"음……?"

"이러다가 밸런스 무너져서 마군 진영 쪽으로 너무 기울어 버릴까 봐 걱정이에요."

자신의 모니터에 얼굴을 박은 채 윤조의 보고를 듣고 있던 나지찬은, 잠시 후 천천히 고개를 돌리며 입을 열었다.

하지만 여전히 그의 표정에는 일말의 동요조차 보이지 않았다.

"윤조 씨."

"넵?"

"지금 카이랑 센트로가 히든 피스 발견한 거."

"네."

"그거 정말 다행인 상황이야."

"……?"

나지찬으로부터 이해할 수 없는 말을 들은 윤조는, 어안이 벙벙한 표정으로 되물었다.

"그, 그게 무슨 말씀이세요, 팀장님? 지금 이안이랑 훈이 공헌도까지 뒤집어졌다니까요? 카이 공헌도가 1만 2천이 넘었다고요."

하지만 그녀의 호들갑에도 나지찬은 고개를 절레절레 저을 뿐 별다른 반응을 보이지 않았다.

대신 조용히 탁자에 놓여 있던 자신의 태블릿을 집어 들어 오윤조의 책상에 올려 주었다.

"뒤집힌 게 아니고 그나마 따라간 거야, 윤조 씨."

"네……?"

나지찬에게 태블릿을 받아 든 오윤조는 두 눈을 꿈뻑이며 어리둥절한 표정으로 화면을 보기 시작하였다.

하지만 그 멍한 표정이 경악으로 바뀌는 데까지는, 그리 오랜 시간이 걸리지 않았다.

"헐, 1만 7천? 이거 지금 실화?"

마군 정찰병 둘을 가볍게 제압한 이안은, 곧바로 남쪽으로 내려간 다른 정찰조를 찾아 처치하였다.

미리 카카를 통해 위치를 파악해 두고 있었기 때문에 나머지 세 정찰병을 잡는 것은 너무도 싱겁게 끝나 버리고 말았다.

-'마군 정예병 켈프'를 성공적으로 처치하였습니다.

-'마군 정예병…….

……중략……

-'용맹을 증명하라!(히든)(에픽)' 퀘스트의 조건을 일부 달성하였습니다
(현재까지 처치한 마군 병사 5/10).

그리고 순조롭게 일차 목표를 달성한 이안은, 이안 사단
(?)의 전담 정찰조 카카에게 작전을 설명하기 시작하였다.

작전을 들은 카카는 무척이나 어이없어 하였지만 말이다.

"그러니까 주인아……."

"응?"

"지금 자살하겠다는 거냐?"

"어차피 살아난다니까?"

"아니, 그래도……. 그냥 지금처럼 야영지 밖으로 적이 나
올 때까지 기다리면 더 편한 거 같은데……."

"또 언제 나올지 알고 기다려?"

"보낸 정찰병이 돌아오지 않으면 후발대를 금방 보낼 것
같다, 주인아."

이안의 설명에, 카카는 조목조목 반박하며 이의를 제기하
였다.

하지만 공헌도라는 개념까지 설명하기는 귀찮았던 이안은
고개를 휘휘 저으며 작전을 강행하였다.

"아, 됐고, 작전은 이해한 거 맞지?"

"뭐, 이해하고 말고 할 게 없는 것 같다, 주인아. 그냥 시
원하게 쳐들어가서, 깽판 치다가 죽는 작전 아니냐."

"그, 그렇……지."

카카의 너무 명쾌한 요약에 이안은 순간적으로 말문이 막히는 것을 느꼈다.

그러나 이대로 체면을 구길 수는 없었기에 다시 말을 이었다.

"하지만 그렇다고 해도 잠입하는 루트는 엄청 중요해."

"그건 그렇다, 주인아."

"가장 허술한 위치를 찾아서 기습해야 죽을 때 죽더라도 최대한 많이 데리고 가지."

이어서 미리 봐 두었던 마군 야영지의 구도를 종이에 슥슥 그린 이안은, 그것을 카카에게 보여 주며 설명을 더했다.

"지금부터 이 뒤쪽으로 돌아서 바위산을 넘을 거야, 카카."

"좋은 생각인 것 같다, 주인아. 이 뒤쪽이라면 마군 녀석들의 방비도 허술할 게 분명하다."

그리고 잠시 후.

카카와의 간결한 작전 회의(?)를 마친 이안은 다시 할리의 등에 올라탔다.

이제 이안이 그려 준 루트대로 카카가 앞장서서 이동을 시작할 것이고, 이안은 그 뒤를 따라붙어 마군 진영의 후방으로 잠입할 계획이었다.

'흐흐, 그럼 한번 공헌도를 쓸어 담으러 가 볼까?'

공헌도 잭팟을 터뜨림과 동시에, '용맹을 증명하라!' 퀘스트의 조건까지 충족시킬 수 있는 최선의 선택.

두근거리는 마음이 된 이안은 서둘러 동쪽을 향해 이동하기 시작하였다.

설원의 학살자

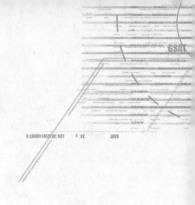

마치 알프스 산맥을 넘어 로마로 진격한 전설적인 카르타고의 장군 한니발처럼 이안은 가파르기 그지없는 바위산을 빠르게 오르기 시작하였다.

이안을 등에 태운 채 거침없이 암벽을 타고 오르는 날렵한 할리.

물론 이안에게는 공중을 날 수 있는 핀과 같은 소환수들이 있었지만, 최대한 전략에 만전을 기하기 위해 비행은 포기하였다.

마군 진영에는 수많은 방어 타워들이 설치되어 있었고, 그 중에는 분명 대공 타워나 파수꾼 타워가 있을 테니 말이다.

편하게 움직이겠다고 하늘을 날았다가 발각되기라도 한다

면, 공헌도 루팡은커녕 아무것도 못 해 보고 사망할지도 모를 일이었다.

타탓- 탓-!

이안이 할리와 함께 암벽을 타기 시작한 지 1시간 정도가 지났을까?

드디어 이안은, 마군 야영지를 코앞에서 내려다볼 수 있게 되었다.

'흐음, 진영 후방이라 방어 병력이 없는 줄 알았는데……. 그래도 가까이서 보니 보초병은 꼼꼼히 세워져 있군.'

적의 침입을 감지할 수 있도록 일정 간격을 두고 촘촘히 세워져 있는 마군 진영의 보초병들.

하지만 이안은 실망하지 않았다.

어쨌든 야영지 전방에 빽빽하게 세워져 있는 방어 타워들보다는 허약해 보이는 마군 보초병들을 상대하는 게 훨씬 수월할 테니 말이었다.

'좋았어. 오랜만에 정밀사격 실력 좀 발휘해 볼까?'

마군 정찰병들을 처치했을 때처럼 암벽 사이에 몸을 고정시킨 뒤, 화염 장궁을 소환한 이안.

화르륵-!

의자에 앉아 꾸벅꾸벅 졸고 있는 보초병을 발견한 이안은 침착한 표정으로 그의 머리통을 향해 화살촉을 겨누기 시작하였다.

'스무 발 전부 머리통에 정확히 꽂아 주도록 하지.'

지금 이안이 하려는 기습은 정찰병들을 상대할 때와 무척이나 흡사해 보였다.

하지만 사실 조금 다른 개념의 기습이었다.

일단 가장 큰 차이점을 꼽자면, 표적의 난이도가 다르다는 것.

종전의 표적이었던 정찰병들의 경우 전진기지의 터를 찾기 위해 부산히 움직이고 있었던 반면, 지금 이안이 겨누고 있는 보초병은 가만히 앉은 채 꾸벅꾸벅 졸고 있었으니 말이다.

정찰병들을 겨눌 때는 그들의 움직임을 예측해 화살을 날려야 했지만, 이 가만히 앉아 있는 보초병을 상대로는 정조준이 가능한 것이다.

때문에 이안은, 정찰병들을 노릴 때보다 훨씬 더 먼 위치에 자리를 잡고 저격을 시도할 수 있었다.

'역시 저격수의 꽃은 헤드샷이지.'

이안과 정찰병 사이의 거리는 대상의 눈코입이 겨우 구분될 정도로 멀었다.

평범한 궁수라면 저격에 성공하기만 해도 쾌감을 느낄, 그런 수준의 엄청난 장거리.

하지만 이안이 노리는 것은 정확히 보초병의 '머리'였고, 나아가 한 발의 화살도 아닌 스무 발 전부를 정수리에 꽂아 넣을 생각이었다.

표식의 도움 없이 화염시로 한 번에 쏘아 보낼 수 있는 모든 화살을 말이다.

"후우……."

한 차례 길게 심호흡을 한 이안은, 화염 장궁의 시위를 팽팽하게 잡아당겼다.

그리고 다음 순간.

"흐읍……!"

그대로 숨을 멈춘 이안은, 한 치 미동도 없는 자세로 활시위를 놓았다.

피잉-!

물론 거기서 끝이 아니었다.

피핑- 피피피핑-!

장궁의 손잡이를 쥔 왼손은 한 치의 미동도 없었지만, 계속해서 새로운 불화살이 생성되는 이안의 오른손은 정신없이 움직여 댔으니 말이다.

피피핑- 핑-!

정말 '부지불식간'에 스무 발의 화살을 전부 쏘아 보낸 이안!

아니, 정확히 말하자면 이안이 쏜 화살은 사실 열아홉 발이었다.

마지막 한 발은 그대로 시위에 건 채, 쏘아 보내지 않고 다음 녀석을 향해 조준하였으니 말이다.

그리고 그것은 자신감이었다.

미친 듯한 연사로 쏘아 보낸 열아홉 발의 화살이 목표한 정찰병의 머리에 전부 다 틀어박힐 것이라는 자신감.

모든 화살이 틀어박힌다면 최소 표식이 세 번은 터질 것이었고, 심지어 그것이 헤드샷이라면, 이안이 겪어 본 평범한 정예병의 수준에서 살아남을 수 없는 폭발적인 딜이 들어갈 것이 분명했다.

이안은 첫 번째 목표가 사망하는 즉시 다음 타깃을 바로 노리기 위해, 마지막 한 발을 남긴 것이다.

어쨌든 이안이 시선을 옮긴 것과 별개로 허공을 가로지르며 빠르게 쏘아지는 스무 발의 불화살!

마치 누가 줄을 세워 놓기라도 한 듯 허공에서 동일한 포물선을 그리며 줄 지어 쇄도하는 열아홉 발의 불화살은 그 자체만으로도 입이 쩍 벌어질 만한 기예였다.

쐐애액-!

그리고 다음 순간, 이안의 눈앞에 요란하게 시스템 메시지가 떠오르기 시작하였다.

띠링-!

-고유 능력 '지옥의 화염시'를 발동하였습니다.

-'야영지 보초병 휴렌트'에게 치명적인 피해를 입혔습니다!

-'지옥불' 표식이 생성됩니다.

-'야영지 보초병 휴렌트'의 생명력이 1,475만큼 감소합니다!

-'야영지 보초병 휴렌트'의 생명력이 1,501만큼 감소합니다!

-'야영지 보초병 휴렌트'의 생명력이 1,399만큼 감소합니다!

……중략……

-'지옥불' 표식이 최대치로 중첩되어 표식이 강력한 폭발을 일으킵니다.

-'야영지 보초병 휴렌트'의 생명력이 2,725만큼 감소합니다!

-'지옥의 화염시' 고유 능력의 재사용 대기 시간이 초기화됩니다.

-'야영지 보초병 휴렌트'의 생명력이 1,427만큼 감소합니다!

……중략……

-마군 진영의 '정예병' 등급 보초병을 처치하셨습니다.

-공헌도가 400만큼 상승합니다.

카일란에서 적을 공격할 시 '치명타'가 발동하는 것에는 얼마나 약점을 정확히 공격했느냐가 가장 큰 영향을 주게 되어 있다.

물론 장비나 스킬에 붙어 있는 '치명타 확률'도 영향이 있었지만, 그것은 어느 정도 확률을 보정해 주는 것일 뿐.

때문에 약점 중에서도 가장 확실한 약점인 '머리'에 화살이 꽂힌다면, 아무런 치명타 확률 보정 없이도 95퍼센트 이상의 확률로 '치명적인 피해'가 발동한다.

이미 장비와 고유 능력 등으로 기본 치명타 확률만 40퍼센트 가깝게 세팅되어 있는 이안 같은 경우, 무조건 치명타가 발동한다 해도 과언이 아닌 것이다.

그리고 같은 치명타라 하더라도 어떤 약점을 공격했느냐에 따라 대미지 증폭률에 차이가 있는데, 이 역시 머리를 공격했을 때 가장 피해량이 크게 증폭되도록 되어 있다.

팔이나 다리에 있는 약점의 경우 치명타 발동 시 대미지 증폭률이 1.5~1.8배 정도라면, 머리의 약점에 공격을 성공하면 세 배도 넘는 대미지 증폭률이 적용되는 것이다.

그것은 지금 이안의 눈앞에 떠오른 폭발적인 딜량과 특별한 스킬을 추가로 발동시키지 않았음에도 정예병 등급의 마군이 즉사한 것만 봐도 알 수 있었다.

'자, 놈들이 몰려오기 전에 딱 다섯 놈만 잡고 시작하자.'

핑- 피피핑-!

표식이 폭발하며 스무 발의 화살이 다시 채워지자, 이안은 미리 조준해 두었던 다음 대상을 향해 또다시 거침없이 활시위를 당겨 대었다.

그리고 그때마다, 여지없이 이안의 공헌도는 차곡차곡 쌓여 갔다.

-마군 진영의 '정예병'등급 보초병을 처치하셨습니다.

-공헌도가 400만큼 상승합니다.

-마군 진영의 '정예병'등급 보초병을 처치하셨습니다.

-공헌도가 400만큼 상승합니다.

'크으, 내 손으로 하긴 했지만 지려 버리는군.'

유령들에게 호언장담했던 대로, 마군 진영 병사들의 뚝배기를 하나씩 터뜨리는 이안!

하지만 셋 정도가 저격당하고 나자 이안의 위치는 파악될 수밖에 없었다.

이안이 아무리 은밀하게 화살을 날려 보내도, 불화살이라는 특성상 쉽게 발각될 수밖에 없었으니까.

"저기 적이다!"

"천군 진영의 기습이다!"

하지만 이안을 발견한 마군의 병사들은, 섣불리 움직이지 않았다.

방패병들을 앞세운 채 이안의 화살을 방어하며 천천히 다가설 뿐이었다.

'후후, 설마하니 내가 혼자 왔을 거라곤 생각도 하지 못하겠지.'

그들은 불화살을 쏘아 대는 이안의 뒤에 다른 천군의 병사들이 매복해 있을 것을 염려하여, 조심스레 움직이고 있는 것이다.

그리고 이러한 상황은 이안의 입장에선 환영할 만한 것이었다.

물론 무방비 상태인 병사들을 저격할 때처럼 쉽게 뚝배기를 깨부술 수는 없겠지만.

그래도 미친 듯이 활시위를 당기다 보면, 하나씩 하나씩 천천히 추가 킬을 만들어 낼 수 있을 것이니 말이었다.

-'지옥불' 표식이 최대치로 중첩되어 표식이 강력한 폭발을 일으킵니다.

-'야영지 보초병 롭스'의 생명력이 1,525만큼 감소합니다!

-마군 진영의 '정예병' 등급 보초병을 처치하셨습니다.

-공헌도가 400만큼 상승합니다.

"방패병들은 화살을 최대한 막아 내라!"

"눈 먼 화살에 당하는 머저리에겐 마인의 자격이 없다!"

그리고 마군 병사들의 포위가 가까워질수록 이안의 활시위 당기는 속도는 점점 더 빨라졌다.

거의 2~3초에 한번 표식이 폭발할 정도로 미친 듯이 화염시를 뿌려 대는 것이다.

당연한 얘기겠지만, 그에 비례하여 이안의 정령력 게이지는 줄줄 녹아내리기 시작하였다.

-고유 능력 '지옥의 화염시'를 발동하여, 정령 마력이 100만큼 소모됩니다.

-……정령 마력이 100만큼 소모됩니다.

……후략…….

그리고 이안의 정령 마력이 전부 소진되기 직전…….

띠링-!

이안의 눈앞에 기다렸던 또 하나의 시스템 메시지가 떠올랐다.

-'용맹을 증명하라!(히든)(에픽)' 퀘스트의 조건을 모두 달성하였습니다 (현재까지 처치한 마군 병사 10/10).

-망령들에게 돌아가면 퀘스트가 완료됩니다.

"크으!"

메시지를 확인하자마자 이안의 입에서 절로 탄성이 새어 나왔다.

본격적인 전투가 시작되기도 전에 퀘스트의 조건이 달성되어 버렸으니 마음이 더욱 편해진 것이다.

순식간에 추가된 2천 포인트의 공헌도는 덤이라고 할 수 있었다.

'그럼 이제 슬슬 시작해 볼까?'

거의 바닥까지 내려온 정령 마력의 게이지를 확인한 이안은 씨익 웃으며 자리에서 벌떡 일어났다.

그러자 이안의 시야에 우르르 몰려 암벽을 오르고 있는 마군의 병사들이 들어왔다.

마치 개미떼처럼, 다닥다닥 모여 이안을 향해 다가오는 수많은 마군 병사들!

살짝 무릎을 굽힌 이안은, 그대로 허공을 향해 뛰어올랐다.

"자, 파티 타임이다!"

높다랗게 솟아오른 바위 절벽 위에서 보란 듯이 아래를 향해 몸을 날리는 이안!

그리고 그와 동시에 천룡군장의 고유 능력 중 하나인 '천룡군장의 위엄'이 발동되었다.

-고유 능력 '천룡군장의 위엄'을 발동합니다.

-남아 있는 모든 정령 마력이 소모됩니다.

-남아 있는 생명력의 50퍼센트가 소모됩니다.

우우웅-!

암벽에서 떨어져 내리는 이안을 중심으로 강렬히 퍼져 나가는 푸른 빛깔의 파동!

이어서 이안을 포위한 모든 마군 병사들의 머리 위에 시퍼런 용의 형상이 떠올랐다.

-반경 50미터 내의 모든 적들이 10초간 침묵합니다(침묵효과가 지속되는 동안, 모든 종류의 액티브 스킬이 봉인됩니다).

-반경 50미터 내의 모든 적들의 마력이 전부 소멸합니다(10초 동안 마력을 회복할 수 없습니다).

이안이 날뛰기 위한 판이 본격적으로 깔린 것이다.

방어 태세를 갖추며 천천히 포위해 오는 적들을 향해, 이안이 정령 마력을 다 태워 가면서까지 불화살을 쏜 데는 이유가 있었다.

어차피 '천룡군장의 위엄' 고유 능력은 정령 마력이 얼마가 남아 있든 같은 위력으로 발동되며 모든 마력을 소모시키니 말이다.

그리고 정령 마력을 전부 소진하여도 어차피 근접전에서는 별다른 지장이 없었다.

수백이 넘는 마군들을 헤집고 다니면서 불화살을 날릴 것도 아니고, '천룡의 분노' 고유 능력은 마력 대신 '천룡의 분노'라는 특수한 소모값을 사용하니까.

어찌 되었든 '천룡군장의 위엄' 고유 능력을 제대로 발동시킨 이안은, 아공간에서 쉬고 있던 소환수들을 전부 소환하기 시작하였다.

이제부터는 정말 전력을 다해서 치열하게 전투해야만 한다.

"까망이, 빡빡이, 라이, 카르세우스!"

푸릉— 푸릉—!

캬아아오—!

어차피 이안이 부활하면, 모든 재사용 대기 시간은 초기화된다.

소환수가 죽기 전에만 역소환해 두면, 부활하는 즉시 다시 소환할 수 있다는 말이다.

때문에 이안은 아무런 부담 없이 소환수들을 전부 소환할 수 있었다.

"아빠, 적들이 엄청 많아요!"

"크릉, 아주 재밌어 보이는 전장이다."

소환되자마자 호들갑을 떠는 엘카릭스와 원 없이 싸울 생각에 신난 라이.

이어서 이안을 따라 암벽 아래로 내려온 카카가, 광역 디버프를 시전하였다.

"어둠이…… 내린다."

고오오오-!

그리고 언제나 그랬듯, 그것을 기점으로 이안의 전투가 본격적으로 시작되었다.

동서고금을 막론하고 모든 전장에는 우두머리가 있다.

즉, 모든 진영에는 '장군'이라는 존재가 있다는 말이다.

지금 이안이 쳐들어온 마군 진영의 야영지 또한 마찬가지였다.

용사 계급의 위 단계라 할 수 있는 '장군' 계급.

하지만 이 장군이라는 계급은 용사의 마을 설정상 유저들이 도달할 수 있는 것이 아니었다.

장군의 계급에 다다를 정도로 공헌도를 쌓는 것보다 용사의 협곡을 졸업하는 게 먼저였으니 말이다.

야영지의 모든 전투 지휘를 총괄하고 있는 마군 진영의

장군 '무스카'는 황급히 말을 타고 진영의 후미를 향해 내달렸다.

"야비한 천군 진영 놈들, 설마 이 시점에 바위산을 넘어 기습을 해 올 줄이야."

말은 야비하다 하였으나, 사실 무스카는 심장이 덜컥 내려앉는 기분이었다.

방어 타워가 없는 후방으로 천군 진영의 대군이 기습해 온 것이라면, 정말 치명적인 타격을 입을 수도 있었으니 말이다.

'그나저나 대체 바위산을 어떻게 넘은 거지? 우리 파수병들이 눈치 못 챌 정도로 은밀하게 군대를 움직일 수는 없었을 텐데…….'

사실 지휘관의 입장에서는, 설마 한 명이 쳐들어온 것일 거라고는 생각조차 할 수 없는 게 당연했다.

그거야말로 진정한 의미에서의 자살행위라 할 수 있었으니 말이다.

"너희 둘은 나 따라오지 말고, 천군 진영 쪽 추가 지원군이 없는지 정찰하도록."

"예, 장군님!"

"명을 받듭니다!"

"나머지는 나와 함께 침입자들을 처단한다!"

"존명!"

무스카는 용사 계급 이상으로만 이루어진 자신의 친위대를 대동하여, 바람처럼 진영을 가로질러 후방으로 이동해 왔다.

그런데 현장에 도착했을 때 무스카는 당황할 수밖에 없었다.

"......?"

천군의 침략으로 인해 초토화되어 있을 줄 알았던 진영의 후미가 너무도 멀쩡했기 때문이었다.

무스카의 눈에 보이는 피해라고는 화살에 맞아 쓰러져 있는 몇 명의 보초병이 전부였다.

멀찍이 바위산 위에서 요란하게 전투하는 병사들이 보이기는 했지만, 그것은 무스카가 생각하던 그림과 많이 다르다고 할 수 있었다.

그는 이미 천군군대의 기습으로 진영 내부가 난장판이 되었을 것이라고 예상하고 있었으니까.

당황한 무스카는, 현장에 있던 용사 계급의 십인장 하나를 붙잡고 물어보았다.

"자네."

"예, 장군님!"

"이게 어찌 된 일인가? 천군 진영은 어째서 진영 안으로 들어오지 못한 거지?"

그리고 무스카의 물음에, 십인장은 한쪽 무릎을 굽히며 보고를 올리기 시작하였다.

척-.

"기습해 온 천군 진영의 군대는 우리 방어군의 기세에 눌려 바위산을 넘어오지 못하였습니다."

"그게 무슨……?"

"말씀드린 그대롭니다, 장군. 장군께서 오시지 않아도 될 뻔했습니다. 애초에 저 바위산을 넘기 위해서인지, 기습대는 무척이나 소수로 구성되어 있는 것 같았습니다."

"소수라면, 대략 어느 정도의 규모를 말함인가."

"제가 추측하기론, 한두 개 소대 정도가 아닐까 싶습니다."

"한두 개 소대라면, 서른 명 정도……?"

"그렇습니다, 장군. 정말 많아야 서른 명 정도일 것으로 추정됩니다."

십인장의 보고를 들은 무스카의 미간이 살짝 좁아졌다.

그의 상식으로는 도저히 이해할 수 없는 상황이었기 때문이었다.

'이게 무슨 말이지? 천군 진영에서 그런 소규모로 의미 없는 기습을 할 리가 없는데?'

물론 험준한 바위산을 넘기 위해서는 많은 병력이 움직이기 힘들 것이었다.

하지만 그렇다 해도 한두 개 정도의 소대로 기습하는 것은 하지 않느니만 못한 일이라 할 수 있었다.

아무리 기습이 완벽히 성공하더라도, 피해다운 피해를 입히는 것은 불가능한 규모였으니까.

바로 지금의 상황처럼 말이다.

'정말 천군 진영의 기습이었다면, 이렇게 얌전하게 끝날 리 없어. 이건 분명히 뭔가 이상해.'

빠르게 판단을 마친 무스카는 타고 있던 말에서 내렸다.

그러자 그를 따라온 친위대들도 일제히 말에서 내려섰다.

"아무래도 내가 직접 산으로 올라가 봐야 할 것 같군."

그러자 무스카에게 보고를 올리던 십인장이 놀란 표정으로 되물었다.

"장군님께서 직접 말씀이십니까?"

"그래."

곧 종료될 게 분명한 상황에 장군이 직접 올라가겠다는 것이 의아했다.

하지만 감히 장군의 말에 토를 달 수는 없는 것이기에, 십인장은 고개를 숙여 보였다.

"명을 받듭니다."

험준한 바위산은, 이안에게 있어 완벽한 전장이었다.

두 다리로 뛰어다니는 마군 병사들보다 우월한 기동성을

가질 수 있는 이안의 입장에서, 지형적 조건을 십분 활용할 수 있는 환경인 것이다.

그리고 전력이 절대적으로 밀리는 지금의 상황에서 지형적 유리를 활용할 수 있다는 것은 큰 도움이 되었다.

"라이, 오른쪽 저놈부터 처치해!"

"크릉-! 알겠다, 주인!"

카카의 광역 디버프 덕에 '어둠 잠식' 패시브를 발동시킨 라이는 어마어마한 이동속도와 민첩성으로 미친 듯이 바위산을 누비며 뛰어다녔다.

70퍼센트나 되는 치명타 확률 버프에 50퍼센트의 이속 버프가 추가되니, 라이의 전투력은 신화 등급인 다른 소환수들에 비해 결코 밀리지 않았다.

촤라락-! 콰득-!

날카롭고 거대한 발톱으로, 사정없이 마군 병사를 공격하는 라이.

그리고 당황하여 뒤를 돈 마군 병사를 향해 할리의 솥뚜껑 같은 앞발이 그대로 작렬했다.

퍼억-!

물 흐르듯 이어지는 자연스러운 공격의 연계.

손발을 맞추며 전투한 것이 한두 번이 아니다 보니, 라이와 할리의 연수합격은 감탄을 자아낼 정도로 군더더기 없이 깔끔했다.

"컥······!"

물론 이안의 소환수들 중 가장 등급이 낮은 할리의 공격력은 약한 편이었지만, 그것은 상관없었다.

할리에게는 한계를 뛰어넘는 기동성과 평타에 묻어나는 '기절' 패시브가 있었으니 말이다.

퍽- 퍼퍽-!

마군 병사의 뒤를 잡은 할리가 앞발을 들어 연달아 뒤통수를 후려갈기자, 여지없이 '기절' 효과가 적용되었다.

그리고 그 기회를 놓칠 이안이 아니었다.

퍼펑-!

-'야영지 보초병 엘핀'에게 치명적인 피해를 입혔습니다!

-마군 진영의 '정예병' 등급 보초병을 처치하셨습니다.

-공헌도가 400만큼 상승합니다.

-적을 처치하여, '천룡의 분노'가 3포인트만큼 차오릅니다!

-'천룡의 분노'가 전부 차올랐습니다.(100/100)

-'천룡 소환' 고유 능력이 활성화됩니다.

깔끔하게 400의 공헌도를 추가한 이안은 곧바로 허공으로 뛰어오르며 보주를 치켜들었다.

'천룡 소환' 고유 능력은 정령 마력이 없어도 분노만 있으면 사용이 가능했기 때문에, 지금의 상황에서 무척이나 유용한 스킬이었다.

캬아아오-!

이안의 보주에서 또다시 뿜어져 나온 천룡이 커다랗게 포효하며 마군 병사 하나를 향해 달려든다.

그리고 할리를 탄 이안 또한, 천룡의 뒤를 바짝 따라붙으며 빠르게 허공으로 뛰어올랐다.

파팟-!

이어서 또다시, 할리와 라이의 연계 공격이 시작되었다.

촤락- 퍼퍼퍽-!

이안이 가진 대부분의 소환수들이 광역 위주로 고유 능력들을 운용한다면, 라이와 할리는 단일 대상에 특화된 소환수였다.

-마군 진영의 '정예병' 등급 보초병을 처치하셨습니다.

-공헌도가 400만큼 상승합니다.

지금 이안이 운용하는 전략은 간단했다.

우선 빡빡이로 어그로를 끌어 두고 엘카릭스와 뿍뿍이의 서포팅으로 버티면서, 그 위에 광역기를 뿌려 댄다.

그리고 충분히 양념된 적을 타깃팅하여 할리, 라이와 함께 하나씩 암살하는 것이다.

마나 번미터 효과로 인해 마군 진영 병사들의 스킬들이 죄다 묶여 있기 때문에, 변수 없이 작전 운용이 가능한 것.

거기에 흑기린 까망이의 광역 디버프인 '공포'까지 겹치니, 이안은 생각보다 오래도록 공헌도 파밍을 계속할 수 있었다.

빡빡이의 도발이 풀릴 때쯤 까망이로 공포를 걸어 어그로를 분산시키고 그 사이 빡빡이의 생명력을 회복시키는 것이다.

모든 스킬들이 재사용 대기 중일 때에는, 이안이 직접 하르가수스를 타고 어그로를 끌기도 하였다.

강하 컨트롤을 활용하여 10초 정도만 버티면, 그 사이 빡빡이를 비롯한 '버티기 조'의 생명력이 제법 회복될 테니 말이다.

하지만 이러한 매커니즘으로 버티는 것은 무한히 가능한 것이 아니었다.

이제 슬슬 마나가 회복되기 시작한 마군 병사들이 고유 능력을 사용하기 시작하였고, 누적된 대미지로 가랑비에 옷 젖듯 이안의 생명력이 줄어들었으니 말이다.

때문에 이안은, 1포인트의 공헌도라도 더 얻기 위해 필사적으로 움직였다.

'한 놈만 더! 한 놈만 더!'

-마군 진영의 '정예병'등급 보초병을 처치하셨습니다.

-공헌도가 400만큼 상승합니다.

-마군 진영의 '용사' 등급 파수병을 처치하셨습니다.

-공헌도가 900만큼 상승합니다.

그리고 그 결과, 뜻하지 않았던 의외의 선물(?)을 또 한 번 받을 수 있었다.

－연속해서 스무 명의 마군 병사를 처치하셨습니다!

　－지금부터 10분 동안 '적 처치'로 획득하는 모든 공헌도가 두 배로 적용됩니다.

　떠오르는 메시지에 이안의 양쪽 입꼬리가 귀에 걸렸음은 당연한 수순이었다.

　'으하하핫! 좋아, 좋아!'

　지금까지는 100포인트 얻기조차 힘들었던 공헌도가 미친 듯이 축적되고 있었으니, 이안은 신이 나서 없던 힘도 생길 지경이었다.

　－공헌도가 1,800만큼 상승합니다.

　－공헌도가 1,800만큼 상승합니다.

　－공헌도가 800만큼 상승합니다.

　……후략……

　그리고 그렇게, 20분 정도가 지났을까?

　－소환수 '카르세우스'를 소환 해제하였습니다.

　－소환수 '빡빡이'를 소환 해제하였습니다.

　버티고 버티다가 한계가 온 소환수들을 하나씩 소환 해제한 이안은, 결국 홀로 남게 되고 말았다.

　"이 끈질긴 놈! 죽어라!"

　"지금까지 잘도 버텼다, 이놈!"

　요리조리 뛰어다니며 게릴라전을 펼치는 이안이 얄미웠는지, 악착같이 그를 향해 달려드는 마군의 병사들.

결국 이안은, 바위산 한복판에서 장렬히 전사할 수밖에 없었다.

-'야영지 보초병 사르무스'로부터 치명적인 피해를 입었습니다!

-생명력이 전부 소진되었습니다.

-'전투 불능'상태가 되었습니다.

그리고 시야가 완벽히 까맣게 물들기 직전, 뭔가를 발견한 이안의 눈이 살짝 확대되었다.

'어, 저놈은 병사가 아니고 장군이잖아?'

정신없이 전투하느라 발견하지 못했었는데, 바위봉우리에서 자신을 내려다보는 한 남자를 발견한 것이었다.

생명력이 소진되어 바닥에 쓰러지자 자신을 내려다보고 있던 '무스카'를 발견할 수 있었던 것.

확실히 '장군' 답게 강렬한 위용을 뿜어내는 무스카였지만, 그를 발견한 이안의 감상은 무척이나 단순하였다.

'크, 저놈을 잡으면 공헌도를 얼마나 벌 수 있을까?'

오직 이안의 관심사는 '공헌도' 하나뿐!

그리고 시야가 완벽히 어두워졌을 때, 이안의 눈앞에 기다렸던 시스템 메시지들이 떠올랐다.

띠링-.

-보유 중인 공헌도의 10퍼센트(4,781)를 사용하여, '천군 야영지'에서 즉시 부활할 수 있습니다.

-현재 보유 중인 공헌도 : 47,812

－부활하시겠습니까?(Y/N)

　－부활을 포기하고 사망할 시 공헌도는 차감되지 않으며, 일반적인 사망 페널티를 받게 됩니다.

　그리고 너무 당연하게도 이안은 한 치의 망설임도 없이 부활을 선택하였다.

　'당연히 오케이지. 파밍은 아직 끝나지 않았다고!'

　－'야영지에서 부활'을 선택하셨습니다.

　－잠시 후, '천군 진영의 야영지'로 소환됩니다.

　이어서 사망 이펙트로 인해 까맣게 변한 이안의 전신이 다시 황금빛으로 빛나기 시작하였다.

　각 진영에서 설원으로 들어올 수 있는 루트는 두 가지가 있다.

　첫째는 이안이 그랬던 것처럼 생산 직업 히든 퀘스트를 받아 차원의 숲에서 들어오는 방법.

　둘째는 거인 레이드에 성공한 뒤 천군 진영의 야영지를 통해 정식으로 들어오는 방법이다.

　하지만 어디까지나 메인으로 설계되어 있는 진입 루트는 당연히 후자라고 할 수 있었다.

　히든 퀘스트를 누구나 받을 수 있는 것은 아니니까.

때문에 이 '차원의 설원'이라는 맵은, 사실 '차원의 숲'과 완벽히 별개의 맵이라고 할 수 있었다.

12시간의 접속 시간 제한이 있는 차원의 숲과는 달리, 24시간 동안 머물러도 상관없는 지역이라는 이야기다.

물론 아직 거인 레이드를 클리어하지 못한 이안의 경우 차원의 숲이 열리는 12시간 외에는 입장할 방법이 없었다.

하지만 어차피 이곳에서 나가지만 않는다면, 24시간 내내 파밍이 가능하다는 뜻이었다.

해서 이안은, 10퍼센트의 공헌도를 소모하여 부활하는 것의 표율이 나빠질 때까지 무한 파밍할 생각이었다.

'한 텀에 얻을 수 있는 공헌도가 전체 공헌도의 10퍼센트와 가까워지면 더 이상 자폭 테러의 효율이 나오지 않을 테니까.'

예를 들어 이안이 한 번 죽으면서 얻을 수 있는 공헌도가 2~3만 정도라고 가정했을 때, 대략 15~20만 정도의 공헌도가 모인다면 더 이상 효율이 나지 않는다고 할 수 있었다.

'어디 보자…… 내가 이번에 파밍한 공헌도가 3만 정도니까 앞으로 한 네다섯 번 정도는 더 트라이해도 괜찮겠어.'

공헌도가 20만일 때 사망한다면, 부활에 필요한 공헌도만 2만에 육박한다.

그러니 까딱 실수하거나 어떤 변수라도 생겨 일찍 사망한다면 오히려 공헌도 손해를 볼 수도 있을 것이다.

"자, 그럼 어디 한 번 2차 파밍에 들어가 볼까?"

전설의 무기 제작 퀘스트는 파밍이 전부 끝난 뒤에 진행할 생각이었다.

이미 퀘스트 조건은 전부 완료되었으며, 제한 시간이 부족한 것도 아니었으니 말이다.

'그리고 파밍을 끝내기 전에 한 번쯤은 그 장군이라는 놈의 목도 한번 노려 봐야지.'

검붉은 가시갑주에 시커먼 기운을 뿜어내고 있던, 마군 진영 장군 '무스카'의 위용.

죽기 직전에 봤던 그의 모습을 떠올린 이안은 입맛을 다시며 이동하기 시작하였다.

부활 지점의 앞쪽에는 멀찍이 천군 진영이 보였지만, 일단 지금은 그냥 지나쳐 갈 생각이었다.

나중에 온다고 해서 진영이 어디로 없어지는 것도 아니거니와 고작 2시간 정도의 파밍으로 얻은 3만에 육박하는 공헌도가 너무도 달콤했으니 말이다.

쿵- 쿵- 쿵-.
뚝딱뚝딱.
기이잉-!

수많은 노동의 소리들이 아름답게 울려 퍼지는 용사의 요새.

처음 이안과 훈이가 입주(?)했을 때만 해도 휑하기 그지 없던 용사의 요새에는, 이제 제법 많은 타워들이 지어져 있었다.

그리고 여기서 말하는 타워란, 비단 이안과 훈이가 지어 놓은 A−11섹터의 타워들만을 말하는 게 아니었다.

그 하루 사이에 생산 직업의 랭커들이 제법 퀘스트를 시작하였고, 이안과 훈이 외에도 너댓 팀 정도가 추가로 요새에 입성했으니 말이다.

그리고 일본 서버의 대장장이 랭커인 '료우' 또한, 그들 중 한 명이었다.

"크, 역시 카일란은 갓겜이야. 용사의 마을에도 생산 클래스 랭커들을 위한 콘텐츠를 따로 마련해 뒀을 줄이야."

요새에 입성하여 타워를 짓기 시작한 료우는 기분 좋은 표정으로 망치질을 하고 있었다.

오늘 하루 종일 노동한 끝에, 첫날 퀘스트를 클리어할 수 있을 정도의 공헌도는 만들어 놓은 상태였다.

그리고 이것은 그의 실력이 뛰어나다는 방증이라 할 수 있었다.

'앞으로 이 요새에서 진행해야 할 퀘스트만 산더미인 것 같으니……. 공헌도 요건 채웠어도 최대한 타워를 만들어 둬

야겠어.'

퀘스트 클리어 조건이 충족되었음에도 불구하고, 쉴 새 없이 노가다를 하는, 노동 본능 기질을 가진 료우.

료우는 함께 들어온 길드원과 더불어 땀을 뻘뻘 흘리며 노가다를 하였다.

그리고 그것은 료우뿐 아니라 이 요새 안에 입주한 생산 클래스 유저들 모두가 그러했다.

그들은 마치 서로 경쟁이라도 하듯, 체계적으로 움직이며 재료를 수급하고 타워를 올렸다.

"후후, 이 정도면 우리 길드 방어 타워가 가장 훌륭한 것 같죠?"

"역시 료우 님의 생산 스킬은 엄청난 것 같아요. 하루 만에 석궁 타워가 다섯 개나 생기다니요."

"하핫, 그거야 다른 길드원분들께서 재료 수급을 잘해 주신 덕분이지요. 광석과 흑단목이 부족했다면, 제가 아무리 열심히 건설해 봐야 타워가 나오겠습니까?"

"겸손하시긴요."

"특히 광석 수급이 정말 엄청났어요. 마력의 철광석 원석만 거의 스무 개는 채굴해 오셨으니……."

"뭐, 어찌 되었든 이대로만 쭉 달리자고요. 전투 클래스 관련 퀘스트야 순위권을 내주고 말았지만, 생산 클래스 쪽에서는 우리 길드가 세계 랭킹 1위라는 걸 보여 줘야지요."

"동감합니다."

일본 서버의 대장장이 클래스 랭킹 1위인 료우.

그리고 그가 길드 마스터로 있는 월영月影 길드는 일본 서버에서 무척이나 유명했다.

길드원이 스무 명도 채 안 되는 소수정예임에도 불구하고, 최상위권의 길드들과 어깨를 나란히 할 정도로 유명했으니 말이다.

그리고 그들이 유명한 것은, 길드원 전원이 생산 클래스의 랭커들이라는 부분 때문이었다.

일본 서버에서 유명한 네임드급 아이템의 대부분이, 월영 길드에서 만들어 낸 아이템들일 정도.

때문에 생산 클래스에 대한 그들의 자부심은, 어마어마한 수준이었다.

"자, 이제 3시간 정도 남았습니다, 여러분. 타워 하나 더 올리고. 석궁 타워 두 개는 업그레이드까지 끝내고 마무리하도록 하죠."

"오케이! 좀 타이트해 보이긴 하지만, 못할 것도 없어 보입니다."

"알겠습니다, 마스터!"

료우의 오더에 따라 일사불란하게 움직이는 월영 길드의 생산 직업 랭커들!

그런데 이들의 대화를 보면 뭔가 이상한 부분이 하나 있다.

분명히 이들 길드의 섹터 근처에 이안과 훈이의 섹터가 있음에도 불구하고, 본인들의 진척도가 가장 높다고 판단하고 있었으니 말이다.

이들은 고작 일반 등급의 타워 다섯 개를 지어 놓고 어째서 유일 등급의 타워로만 도배되어 있는 이안과 훈이의 요새보다 앞서고 있다고 생각하는 것일까?

그 이유는 간단했다.

이들이 처음 이 요새에 입성할 때부터 이미 말도 안 되는 수준에 올라와 있던 이안과 훈이의 요새는 애초에 경쟁 상대에 집어넣지 않은 것이다.

뒤늦게 요새 증축 퀘스트에 합류한 생산 클래스 유저들은, 이안과 훈이의 A-11섹터를 NPC들의 작품이라고 착각하고 있었다.

그리고 그것은 어쩌면, 당연한 판단이라 할 수 있었다.

분명 생산 클래스 랭커들은 가장 빠른 루트로 퀘스트를 진행하여 요새 증축 퀘까지 도달하였는데, 처음 들어온 날부터 아예 넘볼 엄두조차 나지 않는 유일 등급의 타워들이 빼곡하게 깔려 있는 섹터가 있었으니…….

당연히 그 섹터가 NPC들의 작품이라고밖에 생각할 수가 없는 것이다.

"후후, 좋았어. 파르텔 님, 용사의 마을이 처음 열린 지 이제 보름 정도 지난건가요?"

"대략 그런 셈이죠."

"그럼 보름 뒤면, 분야별 공헌도 랭킹이 뜨겠네요?"

"그렇죠. LB사에서 한 달에 한 번씩 용사의 마을 분야별 랭킹을 발표한다고 했으니까요."

"크, 분야별 랭킹 10위까지의 보상이 '카일란의 밤' 초대권이라던데, 생산 클래스 쪽에서는 우리 길드에서 다 먹도록 하죠."

"당연한 말씀!"

모르는 게 약이라는 말이 있듯.

A-11섹터의 주인이 유저라는 사실을 모르는 월영 길드의 길드원은, 신이 나서 망치질을 계속하였다.

깡- 깡- 깡-!

이미 생산 클래스 분야의 공헌도 랭킹 1, 2위를 로터스 길드에서 싸그리 쓸어갔음을 알았더라면, 이들은 아마 허탈감에 망치를 들 힘조차 없었을지도 모를 일이었다.

쨍- 쨍- 쨍-!

마군 야영지의 동쪽 끝에서, 커다란 쨍과리 소리가 울려 퍼진다.

"아 씨, 또야?"

"이번에도 그놈들인가?"

"아니, 그 자식들은 한번 매운맛을 봤으면 그만 오지 왜 자꾸 쳐들어오는 거야, 귀찮게?"

"그러니까 말이야. 그렇게 소규모로 와 봐야, 우리 진영은 끄떡도 하지 않을 텐데 말이지."

적의 침입을 알리는 꽹과리 소리에, 마군 야영지의 병사들을 투덜거리며 무기를 챙겼다.

이번으로 벌써 세 번째.

천군 진영의 계속되는 소규모 기습(?)에 그들은 이제 진이 빠질 지경이었다.

"그래도 가랑비에 옷 젖듯, 우리 지금까지 제법 많은 병력을 잃었어."

"그런가? 사망자가 총 몇 명쯤인데?"

"지금까지 총 오륙십 명 정도는 기습에 당한 것 같던데?"

"흠, 확실히 그 정도면 생각보다 많이 피해를 당하기는 했네."

"그렇지."

"하지만 잃어버린 병력이야 어차피 내일이면 다시 살아 돌아올 거고……. 게다가 우리 방어 시설은 전부 다 멀쩡하잖아?"

"하긴 네 말도 일리가 있네."

"대체 이놈들은 뭘 위해서 이 의미 없는 기습을 계속하는 걸까?"

"글쎄, 그걸 내가 알면, 이미 십인장, 아니, 백인장으로 진급했겠지."

용사의 마을 안에 있는 각 진영의 NPC들은 유저들과 마찬가지로 사망해도 부활이 가능하다.

마치 유저들의 데스 페널티처럼 한 개의 초월 레벨이 다운됨과 동시에 24시간 뒤에 부활하게 되는 설정인 것이다.

그리고 재밌는 것은, 용사의 마을 NPC들은 전쟁을 통해 경험치를 쌓을 수 있다는 점이었다.

죽으면 초월 1레벨에 해당하는 경험치를 잃어버리지만, 죽지 않고 계속해서 경험치를 쌓다 보면 초월 30레벨이 넘을 때까지도 레벨 업이 가능한 것이다.

이러한 시스템을 통해, 각 진영의 일반 병사들 레벨이 15~25 사이에 수렴하게 되어 있던 것.

그리고 개중 뛰어난 활약으로 죽지 않고 계속 레벨이 오른 NPC들은, 25레벨이 넘어가면서 십인장, 백인장으로 진급하게 된다.

그렇게 삼십 레벨이 넘어가면, '장군'이 될 수 있는 자격까지 생기는 것이고 말이다.

어쨌든 그러한 이유로, 이안이 쳐들어올 때마다 치열하게 방어전을 벌이는 마군 진영의 병사들.

하지만 이안의 목적이 뭔지 알 턱이 없는 마군 병사들로서는 매번 어떤 식으로 대응해야 할지 감도 잡지 못하고 있었다.

애초에 마군 병사들의 목표는 진영의 구조물들을 지켜 내는 것이었는데, 이안은 그러한 구조물들에는 전혀 관심이 없었으니 말이다.

이안이 원하는 것은 오직 최대한 많은 킬 포인트를 올리는 것.

그리고 이번 세 번째 자폭 테러 작전은 이안에게 있어서 '특별히' 중요한 전투였다.

이안은 첫 번째 두 번째 전투에서 각각 3만 이상의 공헌도를 쌓는 데 성공했고, 때문에 전장에 진입하는 지금 그가 보유하고 있는 공헌도는 7만이 넘은 상태였으니 말이다.

조금 더 쉽게 한 줄로 풀어 이야기하자면, 이안은 이번 전투에서 '용사' 계급으로 진급하게 될 가능성이 있다는 말이었다.

'이거 설레는데. 용사 계급으로 진급하면 어떤 특전이 있으려나?'

용사 계급은, 사실상 이 용사의 마을을 졸업할 시점에 얻어야 하는 최종 계급이다.

원래 카일란 기획 팀의 의도대로라면, 한 달 동안 모든 퀘스트에서 최고의 성적을 거둬야 달성이 가능한 계급이라는 이야기다.

그런데 이제 갓 보름 정도가 지난 이 시점에 이안이라는
변종이 또 일을 내고 만 것이다.

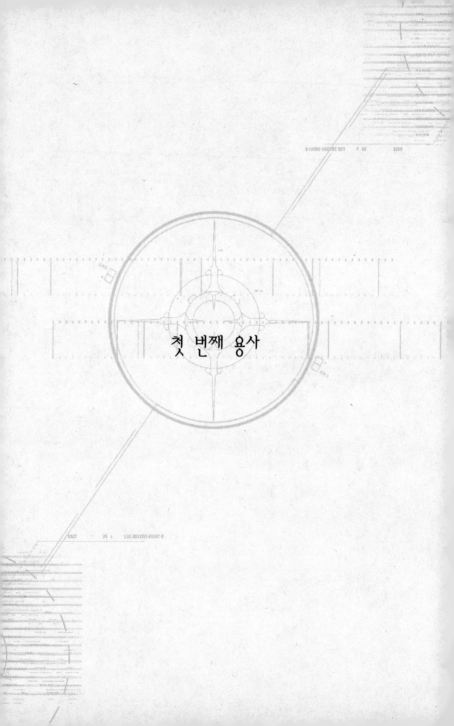

첫 번째 용사

Taming
Master

　새하얀 설원 한복판에서 또다시 흉포한 용이 날뛰기 시작하였다.

　커다란 입을 쩍 벌린 채 사정없이 마군 병사들을 물어뜯는 한 마리의 광룡.

　이제 이 '천룡 소환' 스킬을 완벽히 체득한 이안은 전보다 더욱 효율적으로 고유 능력을 난사하고 있었다.

　튕길 때마다 피해량이 감소하는 스킬의 특성을 감안하면서 딜 로스를 최대한 줄이는 것이다.

　딜 로스가 줄어들자 자연히 마군 병사들을 처치하는 속도가 빨라졌고, 그럴수록 '천룡의 분노'는 빠르게 차올라 또다시 용을 소환할 수 있게 되었다.

스킬이 손에 익으면 익을수록 상승 작용이 일어나는 것이다.

'크, 좋았어!'

쭉쭉 깎여 나가는 마군 병사들의 생명력과 어마어마한 속도로 빠르게 차오르는 이안의 공헌도.

그 흡족한 결과물들을 보는 이안의 입가에 흐뭇한 미소가 걸렸음은 당연한 것이라 할 수 있었다.

─마군 진영의 '정예병' 등급 보초병을 처치하셨습니다.

─공헌도가 400만큼 상승합니다.

─마군 진영의 '용사' 등급 보초병을 처치하셨습니다.

─공헌도가 900만큼 상승합니다.

……후략……

하지만 전반적으로 만족스러운 성능을 보여 주는 와중에도, 이안은 이 천룡 소환 스킬에 아쉬운 부분이 한 가지 있었다.

'생각보다 치명타가 덜 뜨는 게 아쉽네. 논타깃 스킬이었으면, 컨트롤로 확률을 좀 더 높일 수 있었을 텐데…….'

이안은 아이러니하게도, 천룡 소환이 타깃팅 스킬이라는 게 아쉬웠던 것이다.

일반적인 유저였다면 천룡 소환 스킬의 가장 매력적인 부분 중 하나였을 '타깃팅'이라는 특성이 이안의 손에 쥐여지자, 오히려 아쉬운 점이 되어 버린 것.

'뭐, 덕분에 쓰기 편해서 좋기는 하다만…….'

일전에도 언급한 적이 있었지만, 카일란은 약점을 정확히 공격할 때에 치명타 확률이 가장 많이 보정된다.

하지만 논타깃 스킬과 다르게 타깃팅 스킬에는 '명중'이라는 개념 자체가 없다.

그러다 보니 당연하게도 의도적으로 약점을 공격할 수가 없다.

때문에 타깃팅 스킬의 치명타 확률은 오로지 '장비'로 확보한 옵션에 달려 있었다.

그러니 항상 컨트롤로 치명타 확률을 극대화시키던 이안에게는, 이 부분이 아쉬울 수밖에 없는 것이다.

'어쩔 수 없지. 이번 전투가 끝나고 나면 치명타 확률 옵션 최대한 많이 붙은 아이템들로 싹 다 도배해야겠어.'

천룡 소환 고유 능력은, 치명타가 많이 터지면 터질수록 위력이 막강해지는 스킬이다.

치명타가 터질 때마다 분노가 15씩이나 차오르니, 총 열 번 공격이 튕기는 동안 일곱 번 이상 치명타가 터지면 그 즉시 다시 스킬을 발동시킬 수 있기 때문이다.

하지만 현재 이안의 아이템 세팅으로는, 평균적으로 세 번에서 다섯 번 정도 치명타가 터지는 것이 끝이었다.

그것도 결코 치명타 확률이 낮다고 할 만한 수준은 아니었지만 말이다.

어쨌든 그렇기 때문에, 현재의 상황에서는 한 번 천룡 소환을 쓰고 나면 최소한 열 명 이상의 적을 추가로 처치하기 전까지 스킬을 다시 발동할 수 없었다.

운이 좋아 치명타가 다섯 번까지 발동한다 쳐도, 분노 포인트는 25포인트나 더 필요했다.

그러나 적 처치로 얻을 수 있는 분노는 3포인트에 불과했으니 말이다.

이안이 치명타 확률에 더욱 집착할 수밖에 없는 이유가 바로 여기에 있었다.

'만약에 치명타가 두세 번만 더 터져도, DPS가 거의 두 배 가까이 뻥튀기 될 거야. 공격력 계수 만큼은 미친 스킬이니까.'

열심히 전투를 치르는 와중에도, 스킬의 위력을 어떻게 하면 높일 수 있을지 고민하는 이안.

그리고 그 사이, 이안의 공헌도는 점점 더 목표치를 향해 달려가고 있었다.

─연속해서 20명의 마군 병사를 처치하셨습니다!

─지금부터 10분 동안, '적 처치'로 획득하는 모든 공헌도가 두 배로 적용됩니다.

─공헌도가 1,800만큼 상승합니다.

─공헌도가 800만큼 상승합니다.

……후략……

공헌도 두 배 보너스가 뜨기 시작하자, 이안은 더욱더 미친 듯이 활시위를 당겨 대었다.

물론 지금까지와 마찬가지로 이안의 소환수들도 하나둘 역소환되고 있었지만, '목표'만 달성한다면 그런 것은 상관없었다.

이 세 번째 전투에서 전사하기 전에 '용사' 계급을 찍어 볼 수만 있다면, 이안은 그걸로도 충분히 만족할 수 있었으니 말이다.

그리고 지금 이 순간, 이안이 누적시킨 공헌도는 99,000 정도.

공헌도 두 배 버프가 걸려 있는 지금, 딱 한 놈만 처치하면 10만이라는 수치를 달성할 수 있다.

'용사 계급으로 한 놈! 딱 한 놈만 더!'

소환수들이 역소환되고, 다시 전투가 한계에 다다랐음을 느낀 이안은 아예 방어를 도외시한 채 적들의 한복판으로 뛰어들었다.

수비적으로 플레이하기엔, 버틸 여력이 부족하다고 판단했기 때문이었다.

이안의 목표는, 가장 생명력이 많이 깎여 있는 용사 계급의 마군 병사였다.

타탓-!

날렵한 몸놀림으로 마군 병사들의 창검을 피해 가며, 순식간에 목표에 도달한 이안.

"흐읍……."

그 사이 무기까지 검으로 스왑한 이안은 마지막 힘을 다해 서머너 나이트의 고유 능력을 발동시켰다.

우우웅-!

그것은 '신의 말판' 전장 최후의 전투에서 각성하였던, 서머너 나이트의 숨겨진 고유 능력이었다.

–고유 능력, '일리미터블 스워드Illimitable Sword'가 발동됩니다.

–생명력을 얻은 검의 공격력이, 대폭 강화됩니다.(+42퍼센트)

–생명력을 얻은 검의 환영이 생성되었습니다.

–생명력을 얻은 검의 환영이 생성되었습니다.

시스템 메시지가 떠오름과 동시에, 이안의 주변에 세 자루의 검이 생성되었다.

이어서 그 검들은, 새하얀 광채를 뿜어내며 그대로 마군 병사를 향해 내리꽂혔다.

"죽어라!"

콰콰쾅-!

그리고 생명력이 채 10퍼센트도 남아 있지 않았던 마군 병사가 혼신의 힘이 담긴 이안의 이 공격을 버텨 낼 수 있을 리 없었다.

–치명적인 피해를 입혔습니다!

–마군 진영의 '용사' 등급 파수병을 처치하셨습니다.

–공헌도가 1,800만큼 상승합니다.

새하얀 섬광을 뿜어내는, 말 그대로 한계를 뛰어넘은 세 자루의 검.

이 강력한 공격에 관통당한 마군 병사의 전신은 그대로 까맣게 물들기 시작하였고, 이안의 시선은 자연스레 시스템 창을 향해 고정되었다.

'용사' 계급이 되기 위해 필요한 조건이 충족되었으니, 어떤 메시지들이 떠오를지 궁금할 수밖에 없는 것이다.

그리고 이안의 기대에 부응하기라도 하듯, 주르륵 하고 새로운 메시지들이 추가되었다.

−천군 진영에서 10만의 공헌도를 달성하셨습니다! (현재 공헌도 : 100,792)

−계급 승격을 위한 공헌도가 충족되었습니다.

−천신들이 당신을 축복합니다!

−천군의 직급, '용사' 계급으로 승격되었습니다!

−누적된 공헌도를 소모하여 초월 능력치를 획득합니다.

−최초로 용사 계급으로 진급하여 3퍼센트만큼의 추가 능력치를 획득합니다.

−100,792만큼의 공헌도를 소모합니다.

−모든 초월능력치가 28.79퍼센트만큼 상승하였습니다!

−'용사의 의식' 퀘스트에 도전할 수 있는 자격이 주어집니다. (퀘스트를 클리어할 때까지 더 이상 공헌도를 획득할 수 없습니다.)

−이제부터 용사의 대장간에서 새로운 장비를 구입할 수 있습니다.

-이제부터 용사의 잡화 상점에서 새로운 물품을 구입할 수 있습니다.

……중략……

-천군 진영의 모든 NPC와의 친밀도가 20만큼 상승합니다.

-'용사의 협곡'에 참전할 수 있는 자격이 주어집니다(다음 용사의 협곡 전투까지 남은 시간 : 14일 5시간 47분).

이안이 기대했던 것처럼, 눈앞을 가득 메우는 기분 좋은 시스템 메시지들.

하지만 그 메시지들 중에서도 이안의 눈을 휘둥그레지게 만드는 메시지는 따로 있었다.

'아니, 공헌도를 소모한다고? 게다가 초월 능력치가 증가해?'

지금껏 열심히 모은 10만의 공헌도를 수거(?)해 가겠다는 메시지와 함께 모든 능력치를 거의 30퍼센트 가까이 뻥튀기 시켜 준다는 메시지.

이안의 눈에는 이 두 줄의 메시지가, 가장 눈에 띌 수밖에 없었던 것이다.

물론 10만의 공헌도를 소모한다는 것은, 이안의 입장에서 나쁠 것 없는 메시지였다.

아니, 나쁘지 않은 정도를 넘어, 오히려 반길 만한 수준이었다.

어차피 이제 사망하게 되면 10퍼센트의 공헌도를 잃을 텐데, 공헌도를 잃기 전에 전부 소모해 버린 것이 되었으니 말이다.

게다가 10만이라는 공헌도는, 다시 파밍하기도 편한 수준의 공헌도였다.

10만정도의 공헌도까지는, 자폭 파밍(?)의 효율이 충분히 잘 나오는 구간이었으니 말이다.

하루정도만 노가다를 더 해도 충분히 복구할 수 있는 수치라고 할 수 있었다.

'크으……! 올 스텟을 28퍼센트나 올려 준다는데, 공헌도 10만쯤이야 아깝지 않지.'

하지만 그렇다고 해서, 불안한 요소가 아주 없는 것은 아니었다.

용사의 의식이라는 퀘스트를 클리어하기 전까지는 더 이상 공헌도를 획득할 수 없다고 되어 있었으니, 그 퀘스트를 클리어할 때까지 단기적으로는 공헌도 랭킹이 떨어져 보일테니 말이다.

'한동안 랭킹은 포기해야겠군.'

마군 병사들에게 둘러싸여 생명력이 바닥까지 떨어졌음에도 불구하고, 이안의 입가에는 묘한 웃음이 걸려 있었다.

용사 계급으로 진급하면 뭔가 특별한 콘텐츠들이 있을 것이라는 예상을 하기는 했었다.

하지만 이렇게 놀라운 내용들이 튀어나올 줄은 이안조차 상상하지 못했었다.

'역시 카일란은 날 실망시키는 법이 없어.'

그를 실망시키지 않기 위해(?) 밤낮 없이 일하는 LB사 직원들의 고충을 알기는 하는 건지, 높은 퀄리티를 가진 새로운 콘텐츠들에 마냥 기분이 좋기만 한 이안.

이안은 눈앞에 떠 있는 시스템메시지들을 다시 곱씹으며, 얌전히 전사할 준비를 하였다.

어차피 부활해도 잃는 공헌도는 제로에 수렴할 테니 사망 페널티에 대한 부담은 더더욱 사라진 것이다.

다만 이안의 머릿속은, 한 번에 들어찬 새로운 정보들로 인해 복잡할 뿐이었다.

'알아봐야 할 게 너무 많아졌어. 일단 전설의 무기 퀘스트만 클리어하고……'

목표를 달성해서인지, 홀가분한 표정으로 눈을 감는 이안!

그런데 바로 그때.

띠링-!

전부 끝난 줄만 알았던 시스템 메시지가 이안의 눈앞에 추가로 한 줄 떠올랐다.

그리고 그것은, 방금 떠오른 모든 시스템 메시지들 중 가장 놀라운 내용을 담고 있었다.

-'용사' 계급을 획득하여 중간자의 위격을 갖추기 위한 첫 번째 조건이 충족되었습니다.

-이제부터 경험치를 획득할 수 있습니다.

테이밍마스터

세 번째 전투를 마친 이안이 가장 먼저 향한 곳은 당연히 천군 진영의 유령들과 만났던 장소였다.

　'용맹을 증명하라!' 퀘스트의 제한 시간이 얼마 남지 않기도 했거니와, 더 이상의 자폭 파밍이 의미 없어지기도 했기 때문이었다.

　'용사의 의식인지 뭔지, 클리어하기 전엔 공헌도를 올릴 수 없다고 했으니까……'

　그리고 도착한 이안을 발견한 유령들은, 호들갑을 떨며 이안을 맞아 주었다.

　－대단해! 정말 이 임무를 해낼 줄은 몰랐어!

　－이안, 자네 정말 엄청난 용사였군!

　－죽음을 무릅쓰고 마군 진영을 휩쓸다니……. 자네의 용맹은 증명되었네.

　－그대의 용맹에 경의를 표하는 바일세.

　사실 유령들의 이러한 반응은 당연한 것이었다.

　이안의 믿을 수 없는 실적을 확인했으니 말이다.

　－자네에게는 전설의 무기를 가질 자격이 충분해! 자네가 프릭스보다 더 뛰어난 용사가 되었으면 좋겠군.

　이어서 이안에게 퀘스트를 준 유령의 대사와 함께 이안의 시야에 기분 좋은 메시지가 떠올랐다.

띠링-!

-'천군 정예병의 망령'이 당신을 존경합니다.

-조건을 충족하셨습니다.

-'용맹을 증명하라!' 퀘스트를 성공적으로 클리어하셨습니다!

-'프릭스의 검 설계 도안' 아이템을 획득하셨습니다.

-공헌도 500을 획득하셨습니다.

-특수한 상황으로 인해 공헌도를 획득할 수 없습니다.

-500의 공헌도가 소멸합니다.

마지막에 떠오른 메시지들을 확인한 이안은 속으로 피식 웃고 말았다.

'공헌도 500이라……'

만약 마군 병사들이 주는 공헌도의 양을 몰랐더라면 500의 공헌도를 날린 것에 대해 부들부들 떨었겠지만, 지금의 이안에게 500이라는 공헌도는 그야말로 의미 없는 것이었으니 말이다.

이안은 고개를 살짝 숙여 보이며, 망령들에게 고마움을 표했다.

"고맙습니다, 여러분. 덕분에 전설의 무기를 만들 수 있게 되었습니다."

-후후, 별말씀을!

-그대에게 도움을 줄 수 있어 영광이었네.

망령들과 훈훈한 대화를 나눈 이안은 곧바로 인벤토리부

터 확인해 보았다.

프릭스의 검을 설계했다는 도안이 어떤 물건인지 궁금했기 때문이었다.

프릭스의 검 설계 도안

분류 : 잡화   **등급 :** 전설(초월)

용사의 협곡, 천군 진영의 전설적인 영웅 '프릭스'가 사용하던 검의 설계 도안이다.

뛰어난 차원의 대장장이가 이 설계 도안을 본다면, 강력한 차원의 무기를 만들어 낼 수 있으리라.

*알아볼 수 없게 그려진 설계 도안입니다.

*천군 진영의 대장장이 '티버'에게 가져가면, '전설의 무기 제작 (에픽) (히든)' 퀘스트를 진행할 수 있습니다.

(이미 해당 퀘스트를 진행 중입니다)

*유저 '이안'에게 귀속된 아이템입니다.

다른 유저에게 양도하거나 팔 수 없으며 캐릭터가 죽더라도 드롭되지 않습니다.

도안을 확인한 이안은 살짝 입맛을 다셨다.

'이거, 유저는 볼 수 없게 만들어진 도안이었네.'

전설의 무기를 설계했다는 도안이라기에 어떻게 생겼을지 궁금했었는데, 단지 퀘스트 진행에 필요한 이벤트성 아이템이었으니 말이다.

하지만 그것과 별개로, 이안의 심장은 두근거리기 시작하였다.

'자, 이제 이걸 들고 티버 님께 가면 무기를 얻을 수 있으

려나?'

지금 이안은, 여러모로 설레는 상황이었다.

초월 10레벨이라는 봉인이 해제된 데다 모든 전투 능력치는 거의 30퍼센트만큼 뻥튀기 되었으며, 이제 전설의 무기까지 얻게 될 테니 말이다.

강력한 무기까지 얻고 나면, 모르긴 몰라도 초월 20레벨 정도까진 폭업이 가능할 터.

지난주부터 한 번도 참여하지 못했던 요일 전장이 무척이나 기대되기 시작하였다.

'내일 열릴 신의 말판 전장에는 참여하기 힘들 확률이 높고……. 금요일 전장에는 참여가 가능하겠지?'

용사의 마을에서는, 일주일에 총 세 번의 요일 전장이 열린다.

일요일의 '차원의 거울' 전장.

수요일의 '신의 말판' 전장.

마지막으로, 금요일의 '용맹의 깃발' 전장.

그리고 세 가지의 요일 전장 중 가장 평범한 전장은 용맹의 깃발 전장이었다.

특별히 신박한 룰이 있는 게 아닌, 단순한 '땅 따먹기' 식의 전장이었으니 말이다.

전장에 존재하는 총 스무 개의 포인트 중, 최대한 많은 포인트에 깃발을 꽂으면 되는 단순한 게임인 것.

하지만 그렇다고 재미가 없는 전장은 아니었다.

용맹의 깃발 전장은 수많은 NPC 병사들과 유저들이 모여 난전을 벌이는 개념인 데다 전장이 진행되는 동안은 죽어도 5분만 기다리면 다시 부활하는 시스템이다.

한마디로 주어진 3시간 동안 정말 원 없이 싸울 수 있는 전장인 것이다.

물론 수많은 세계의 랭커들 사이에서 전투 다운 전투를 하려면 그들 중에서도 손에 꼽을 만큼 강력해야 하겠지만 말이다.

"저는 그럼 가 보겠습니다, 여러분."

─그래. 수고하셨네.

─그나저나 그 도안을 이해할 만한 대장장이는 알고 있는 겐가?

"천군 진영에 '티버'라는 뛰어난 대장장이가 있습니다. 그라면 이 도안을 이해할 수 있을 겁니다."

─오호, 티버라……. 처음 듣는 이름인데, 거신족의 핏줄인가 보군.

"그렇습니다."

─행운을 비네, 이안. 자네가 전설의 무기를 만들어서 이 전장에 다시 돌아올 날을 기다리도록 하지.

유령들과 훈훈하게 인사를 마친 이안은, 곧바로 핀을 소환하였다.

이제 용사의 마을에서 열심히 '아이언 스윔의 심장'을 제련하고 있을, 티버를 만나기 위해 돌아갈 시간이었다.

평범한 직장이라면 이미 불이 전부 꺼져 있어야만 하는 저녁 9시.

　하지만 LB사 사옥은 불이 꺼져 있는 곳을 찾기 힘들 정도로 모든 창문에서 하얀 빛이 새어 나오고 있었다.

　그나마 불이 꺼져 있는 곳은 마케팅 팀과 경영지원 팀 정도였다.

　기획 팀과 개발 팀만이 있는 3층의 경우 모든 사무실의 불이 전부 다 켜져 있었으며, 특히 기획 3팀의 사무실은 대낮이라고 해도 믿을 만큼 거의 모든 사원들이 자리를 지키고 있었다.

　"이게 대체 무슨 일이지?"

　"왜 그래요, 김 주임? 또 무슨 일이에요?"

　"아니, 한나절 사이에, 차트가 또 이상해졌거든요."

　"음, 그게 무슨 말이에요?"

　"아니, 분명히 아까 제가 점심 먹고 확인했을 때만 해도 이안 공헌도가 4만 정도였는데…….."

　"헉, 4만요? 그게 말이 돼요?"

　"네. 분명히 4만이었어요. 그래서 오늘 보고서 올리려고 작성 중이었는데…….."

　"그런데요?"

"사라졌어요."

"네……?"

"사라졌다고요, 이안이. 이 랭킹 차트에서 아예 없어졌어요."

"……?"

용사의 마을 랭커들의 공헌도 모니터링 담당인 김 주임은, 어제부터 혼돈 속에 업무를 진행하고 있었다.

천군과 마군 할 것 없이 랭커들의 공헌도가 예상할 수 없는 수준으로 널뛰기 중이었으며, 특히 이안의 공헌도는 버그가 아닌가 싶을 정도로 뻥튀기되고 있었으니 말이다.

지금 시점에서 1만, 2만 정도의 공헌도가 나온 것도 놀라운데, 무려 4만이 넘는 공헌도라니.

시간만 많았다면, 이안의 플레이 로그를 전부 다 까서 확인해 보고 싶은 심정이었던 것이다.

그런데 그렇게 우여곡절 끝에 보고서를 작성했건만 다른 랭커들의 일지를 작성하는 사이, 또다시 이해할 수 없는 현상이 벌어지고 말았다.

5만, 6만으로 공헌도가 늘어난 것이라면 차라리 그러려니 하겠는데 이안이라는 이름 자체가 랭킹 차트에서 사라져 버린 것이다.

그리고 지금 천군 진영의 공헌도 랭킹 1위에는 떡하니 '간지훈이'라는 이름이 박혀 있었다.

"어떻게 그럴 수가 있는 거죠? 랭킹에서 사라지다니."

"제가 하고 싶은 말인데 왜 그걸 유 대리님이……."

"아니, 이거 진짜 심각한 버그라도 터진 거 아니예요? 지금 당장 개발 팀에 문의 넣어 볼까요?"

두 사람은 모니터에 띄워 놓은 랭킹 차트를 아래위로 계속해서 롤링하며, 사라진 이안의 이름을 눈에 불을 켜고 찾고 있었다.

당장 오늘자 보고서가 올라가기까지 30분밖에 남지 않았는데 이런 어처구니없는 상황이 벌어졌으니, 기획총괄 팀에 보고서를 올려야 하는 김주임으로서는 멘탈이 남아나지 않을 수밖에 없었다.

"하아, 이거 어쩐다……."

"유 대리님."

"네?"

"저 지금 울고 싶은데 어쩌죠?"

"……."

초점 없는 눈으로 멍하니 허공을 바라보는 김 주임을 보며, 유 대리는 안쓰러운 표정이 되었다.

그 마음, 기획 팀 소속의 직원이라면 모를 수가 없었으니 말이다.

그런데 바로 그때…….

끼이익-.

패닉에 빠진 김 주임의 뒤쪽에서, 구원과도 같은 목소리가 들려왔다.

목소리의 주인공은 바로, 방금 모니터링실에서 올라온 나지찬이었다.

"김 주임, 방금 랭킹 차트 확인하고 있었던 거지?"

"아, 넵, 팀장님! 오셨네요."

"지금 차트에 이안 이름이 안 보여서 둘이 그러고 있었던 거야?"

"네, 그걸 어떻게……?"

나지찬의 입에서 생각지도 못했던 말이 나오자, 김 주임의 두 눈이 휘둥그레졌다.

버그가 아니라면 도저히 설명이 안 되는 일이 일어났다고 생각하고 있었는데, 그것을 나지찬이 알고 있으니 당황한 것이다.

'여, 역시! 팀장님은 모르는게 없어!'

그리고 이어진 나지찬의 말에, 부서지기 직전이었던 김 주임의 멘탈이 가까스로 되살아났다.

"걱정하지 마. 오늘 김 주임은 보고 들어갈 필요 없으니까."

"네에?"

"오늘 기획총괄 팀 보고는…… 아무래도 내가 직접 들어가야 할 것 같거든."

말이 이어질수록 점점 힘이 빠져 가는 나지찬의 목소리.

이어서 나지찬은 자신의 자리에 놓여 있던 서류뭉치들을 주섬주섬 챙기기 시작하였다.

그리고 그런 그의 뒷모습을 보던 기획 3팀의 직원들은, 어쩐지 그것이 남 일 같지 않다는 생각이 들었다.

성공적으로 '프릭스의 검 설계 도안' 아이템을 구해, 티버의 대장간으로 돌아간 이안.

그리고 이안이 기대했던 대로, 티버는 '아이언 스웜의 심장'을 성공적으로 제련해 둔 채 기다리고 있었다.

"오, 이안……! 역시 자네라면 도안을 구해 올 수 있을 줄 알았네."

하지만 안타깝게도(?) 그것으로 '전설의 무기 제작' 퀘스트가 마무리되지는 않았다.

도안을 확인한 티버가 그것을 열심히 들여다보더니 이안에게 몇 가지 재료들을 추가로 주문한 것이다.

"이 차원 마력을 견뎌 낼 만한 손잡이를 만들기 위해선, 차원 마력을 먹고 자란 청단목이 꼭 필요하다네. 그리고 거인의 무덤 근처에 서식하는 '챠우거'의 힘줄도 필요해."

이안의 요새 증축에 가장 많이 사용되었던 목재는 흑단목이다.

그리고 이 흑단목은 차원의 숲에서 드물게 자라는 희귀한 나무였다.

그렇다면 티버가 구해 오라는 청단목은 어떤 나무일까?

'어떤 나무긴 어떤 나무야. 더럽게 희귀한 나무겠지.'

차원의 숲을 뻔질나게 돌아다닌 이안조차도 청단목이라는 나무는 본 적조차 없었으니, 얼마나 구하기 힘든 희귀한 재료인지 알 수 있었다.

'게다가 챠우거라…‥. 차원의 숲 안에 그런 몬스터도 있었나? 거인의 무덤이라면 분명 숲 중앙에 있는 봉우리를 말하는 건데…‥.'

어쨌든 그러한 이유로, 도안을 구했음에도 불구하고 이안의 무기는 완성되지 않았다.

재료를 구하러 곧바로 움직이고 싶었지만, 자정이 다 된 바람에 포털이 닫힌 것이다.

그리하여 이안은 다음 날 하루 종일 차원의 숲 지박령이 되어야만 했다.

차원의 숲 몬스터를 때려잡으며 초월 레벨이 한두 개 오르긴 했지만, 그다지 기쁘지는 않았다.

금요일의 전장이 열리기 전에 전설의 무기를 만들어 내는 것이 지금 이안의 가장 큰 열망이었으니 말이다.

그리고 그렇게 또다시 밤이 깊어 갈 무렵.

"찾았다!"

차원의 숲 한쪽 구석에서 기쁨에 찬 이안의 목소리가 울려 퍼졌다.

정말 하루 종일 숲 전체를 이 잡듯 뒤진 끝에 '청단목'이라는 지랄맞은 녀석을 드디어 발견했기 때문이었다.

그리고 그것으로 전설의 무기를 만들기 위한 모든 재료가 드디어 완성되었다.

"티버 님, 이제 더 필요한 건 없는 거 맞죠?"

"크으, 청단목과 챠우거의 힘줄을 이렇게 빨리 구해 오다니 자넨 정말 엄청나군!"

"아니, 그게 중요한 게 아니고요. 더 필요한 거 없는 거 맞냐고요."

"그렇다니까. 이거면 충분히 전설의 무기를 만들 수 있으니 걱정 마시게."

"믿어도 되죠?"

"물론! 이제 저기 의자에 앉아서 잠깐만 기다리시게. 이 티버가 역사에 길이 남을 전설의 무기를 만들어 줄 테니까 말이야."

이안에게 모든 재료를 건네받은 티버는 그것들을 모루에 올려놓고 경건한 표정으로 작업을 시작하였다.

그리고 대략 1시간 정도가 지났을 무렵.

우우웅—!

티버의 모루에서 푸른빛이 일렁이기 시작하였다.

은은한 푸른 기운이 일렁임과 동시에, 눈부시도록 새하얀 빛이 내려앉았다.

마치 하늘의 별들이 쏟아져 내리기라도 하듯 티버의 모루를 향해 빨려 들어가는 찬란한 빛의 무리.

그리고 그 화려하기 그지없는 이펙트를 본 이안은 자신도 모르게 자리에서 벌떡 일어날 수밖에 없었다.

이안의 입에서, 짧게 탄성이 새어 나왔다.

"오…… 오오!"

이안은 지금껏 카일란을 하면서 수많은 장비를 제작해 보았다.

또, 그 이상으로 많은 장비들을 강화해 보았다.

하지만 그럼에도 불구하고, 이 정도로 강렬한 이펙트를 본 것은 단연코 처음이었다.

이안은 눈을 반짝이며, 티버를 향해 물었다.

"티, 티버 님……!"

"흐으음?"

"성공……인 건가요?"

기대감에 가득 찬 이안은 두근거리는 마음으로 티버의 대답을 기다렸다.

그리고 그와 동시에, 환하게 빛나는 모루를 향해 시선을 움직였다.

하지만 아직까지도 완성된 무기는 제대로 확인할 수 없

었다.

끊임없이 쏟아져 나오는 하얀 빛으로 인해 무기의 형태가 제대로 보이지 않았기 때문이었다.

지금 이안이 알 수 있는 것은 무기의 형태가 검과 비슷하다는 정도?

'크, 이건 분명 성공이야. 그렇지 않다면, 이렇게 화려한 이펙트가 터질 리가 없지!'

티버에게 묻기는 했지만, 이안은 이미 거의 확신한 상태였다.

제작된 전설의 무기가, 엄청나게 성공적이리라는 것을 말이다.

'너무 사기 템이 나오면 어떡하지? LB사에서 너프라도 먹이면 곤란한데…….'

빛나는 모루를 보며, 연신 히죽거리며 웃는 이안.

하지만 이안의 머릿속에서 돌아가던 행복 회로가 정지하기까지는 그리 오랜 시간이 걸리지 않았다.

잠시 후, 티버로부터 돌아온 대답이 이안의 예상을 제법 벗어나는 것이었으니 말이다.

"성공? 글쎄, 성공이라……."

"……!"

"성공이라고 하긴 참 애매하구먼."

"그, 그게 무슨 말씀이세요, 티버 님?"

생각지도 못했던 티버의 답변에, 흔들리기 시작하는 이안의 동공.

불안해 보이는 이안의 표정을 본 티버가 다급히 한마디를 덧붙였다.

"하지만 그렇다고 해도 실패한 것은 아니니 너무 걱정 마시게, 이안."

티버의 아리송한 대답을 들은 이안은 순간적으로 열이 뻗치는 것을 느꼈다.

며칠 동안 그 고생을 해 가며 필요한 재료를 다 구해 왔건만 성공도 실패도 아니라는 애매한 대답이 돌아오니, 답답하다 못해 속이 터지는 것이다.

하지만 이안은, 초인적인 인내심을 발휘하며 다시 입을 열었다.

"성공도 실패도 아니면, 대체 뭐죠?"

"흠, 그건……. 직접 한번 확인해 보는 게 빠르겠네."

말을 마친 티버는 손에 들고 있던 망치를 조심스레 내려놓았다.

그리고 빛이 뿜어져 나오는 모루를 향해 천천히 손을 가져다 대었다.

이어서 잠시 후.

파앗-!

일순간 하얀 빛이 전부 사그라지며, 모루를 향해 빨려 들어갔다.

아니, 정확히 말하자면, 모루에 놓인 커다란 물체(?)를 향해 빨려 들어간 것이었다.

그리고 모루에 드러난 검을 확인한 이안의 두 눈이 살짝 확대되었다.

'아니, 뭐 전설의 무기가 이렇게 생겼어?'

온전히 모습을 드러낸 검의 형태가 이안이 기대했던 외형과 너무 달랐기 때문이다.

'전설의 무기면 전설의 무기답게 좀 더 화려하고 간지가 나야…….'

정령왕의 심판처럼 번쩍번쩍하고 호화로운 외형의 검을 기대했는데, 지금 이안의 눈앞에 있는 이 물건은 검이 맞는지조차 의심스러운 생김새를 가지고 있었던 것이다.

때문에 이안의 불안감은, 더욱 커질 수밖에 없었다.

'이거, 힘들게 만든 전설의 무기가 천룡군장 템보다 후지면 곤란한데…….'

현재 이안이 착용하고 있는 아이템인 천룡군장의 갑주와 보주는, 외형부터가 무척이나 고급진 형태였다.

짙은 남청색과 화려한 금장이 어우러져, 딱 봐도 비싸고 고급져 보이는 외형인 것.

반면에 지금 티버가 만들어 낸 이 정체불명의 물체는 거무튀튀하고 둔탁한 것이, 검보다는 몽둥이에 더 가까운 느낌이었다.

이안은 떨리는 목소리로 티버를 향해 다시 입을 열었다.

"티버 님, 혹시 둔기를 만든 건 아니죠?"

"아닐세. 이 녀석은 분명히 검이야."

"어딜 봐서……."

어딜 봐서 검이냐는 말을 하고 싶었던 이안은, 나오던 말을 다시 집어삼킬 수밖에 없었다.

그 말에 대답이라도 하듯, 시스템 메시지가 떠올랐기 때문이었다.

띠링-!

-'전설의 무기 제작 (에픽)(히든)' 퀘스트를 성공적으로 완수하셨습니다!

-전설의 차원 무기, '용사 이안의 검' 아이템을 획득하셨습니다.

"검이 맞네요……."

시스템 메시지에 떡하니 '용사 이안의 검'이라고 명시되어 있었으니, 이안은 더 이상 반박할 말이 떠오르지 않았다.

두부도 썰지 못할 것처럼 보이는 둔탁해 보이는 검날과는 별개로, 이 정체불명의 아이템은 '검'이 맞았다.

"휴우."

짧게 한숨을 내쉰 이안은, 허탈한 표정으로 인벤토리를 오픈했다.

철광석을 대충 녹여서 이어 붙여도 이것보단 더 검답게 만들어질 것 같았지만, 어쨌든 '전설의 무기'라는데, 아이템 정보를 확인해 보지 않을 수는 없었으니 말이다.

용사 이안의 검

분류 : 양손대검   **등급** : 전설 (초월)
착용 제한 : '용사' 계급 이상.
공격력 : 2,055~5,325   **내구도** : 999/999
옵션 : 모든 전투 능력 : +100(초월)
     힘 : +450(초월)
     민첩 : -300(초월)
-치명타 확률이 20퍼센트만큼 감소하며, 치명타 피해량이 200퍼센트만큼 증가합니다.
-이동속도가 10퍼센트만큼 감소하며, 공격 속도가 50퍼센트만큼 감소합니다.
*전설의 차원 무기
공격에 '차원의 힘'을 담을 수 있습니다.
'차원의 방호막'을 관통하여 공격할 수 있습니다.
*제련할 수 없는 아이템입니다.
전설의 차원광물로 만들어진, 전설의 무기입니다.
용사 '이안'에 의해, '이안'을 위해 제작된 차원 무기입니다.

"……?"

'용사 이안의 검'의 정보 창은 무척이나 간결했다.

희귀등급의 무기에도 종종 부여되는 그 흔한 장비 고유 능력 하나 없었으며, 부가 옵션과 아이템 설명도 무척이나 간단했으니 말이다.

정보 창의 구성만 보아서는, 티버의 대장간에서 파는 최하급 장비들과 동급으로 느껴지는 '용사 이안의 검' 아이템.

하지만 이안은 이 정보 창을 오픈하자마자 이게 왜 전설의 무기인지 바로 알 수 있었다.

'무기' 류의 아이템을 볼 때, 자연스레 가장 먼저 확인할 수밖에 없게 되는 부분.

즉 정보 창의 상단에 표기되어 있는 무기의 공격력을 본 순간, 두 눈이 휘둥그레졌으니 말이다.

'뭐, 뭐야? 이거 혹시 버그 아이템인가?'

이안은 한동안, 정보 창의 '공격력' 탭에서 시선을 떼지 못하였다.

-공격력 : 2,055~5,325

'진짜 생긴 것보다 더 무식한 공격력이잖아?'

최소 2천에서 최대 5천이라는 이 공격력 수치는 이안이 충분히 놀랄 만한 것이었다.

현재 이안이 가지고 있는 초월 장비 중 가장 좋은 무기인 '천룡군장의 보주'를 떠올려 보더라도 비교조차 되지 않는 말도 안 되는 수치였으니 말이다.

'천룡군장 보주는 최대 공격력이 1천 초반대인데…….'

물론 '보주'와 '양손대검'의 공격력을 단순히 수치만으로 비교할 수는 없다.

두 무기의 분류는 완전히 다른 성격을 띠는 것이었으니 말이다.

하지만 그렇다고 하더라도 이 정도의 수치 차이는 무기의 특성 차이 정도로 설명할 수 없는 수준인 것이 분명했다.

'일단 공격력은 공격력이고……. 옵션을 한번 읽어 봐야겠어.'

상식 밖의 공격력 때문에 놀란 가슴을 진정시킨 이안은, 차분히 옵션들을 읽어 내려가기 시작했다.

공격력이 오버 밸런스인 만큼 어떠한 불이익이 분명히 있을 터.

고유 능력이 없다는 것도 페널티 중 하나였지만, 그것만으로는 부족했다.

그리고 옵션이 그리 많지 않았기 때문에, 전부 분석하는 데에는 크게 오랜 시간이 걸리지 않았다.

'흐음, 공격력이 사기 수준이다 싶더니 역시 이유가 있기는 하네.'

무기의 정보 창을 전부 읽은 이안의 표정에는, 어느새 실망 같은 것도 남아 있지 않았다.

물론 몽둥이같이 생긴 외형은 아직도 불만이었지만, 무기의 확실한 콘셉트(?)와 성능이 그 불만을 상쇄할 정도로 마음에 들었던 것이다.

'힘이 450 오르는 대신 민첩이 300 깎이고……. 치명타 확률은 감소하는데 피해량은 오히려 증가한다?'

무식한 공격력에 450이라는 힘 스텟까지 더해진 이 몽둥이는, 그야말로 무식한 파괴력을 자랑할 게 분명했다.

아마 모르긴 몰라도, 평타 공격으로 1만 단위의 대미지는 우습게 뽑아낼 것이 확실하니 말이다.

하지만 300이나 깎이는 민첩성과 50퍼센트나 감소하는 공격 속도는, 그 파괴력만큼이나 무식한 수준의 디버프였다.

'이 정도면, 실질 공격 속도는 거의 70퍼센트 이상 떨어진다고 봐야겠지.'

이안은 옵션들을 다시 한 번 곱씹어 읽어 보며, 정신없이 머리를 굴리기 시작했다.

보주를 들었을 때와 이 몽둥이를 들었을 때, DPSDamage Per Sec 측면에서 어느 쪽이 더 강력할지를 계산해 보기 위해서였다.

'화염시 스무 발 날릴 동안, 두세 번 정도 겨우 휘두를 수 있을 것 같고…….'

평범한 초월 10레벨대의 적을 상대할 때, 이안의 화염시는 1,500 언저리의 대미지를 띄운다.

그리고 보주의 고유 능력 중 하나인 천룡 소환은 치명타 발동시 5천에 가까운 위력을 보여 준다.

이러한 지표들을 감안해 보면, 이안은 대략적인 수치를 가늠해 볼 수 있었다.

'이 무기를 사용했을 때, 못해도 1만5천 이상의 평균 대미지는 나와 줘야 되는 거네. 뭐, 충분히 될 것 같기는 하지만 말이지.'

검인지 몽둥이인지 알 수 없는 이 괴상한 무기를 집어 들고는, 구석구석 애정 어린(?) 눈빛으로 살피는 이안.

그런 그를 보며, 티버가 다시 입을 열었다.

"이안, 이제 내 말이 이해가 되는가?"

티버의 물음에 이안이 피식 웃으며 되물었다.

"아아, 성공도 아니고 실패도 아니라는…… 그 말씀 말인가요?"

옆에 선 티버는 무척이나 미안한 표정으로 뒷머리를 긁적였다.

이안이 힘들게 귀한 재료들을 구해 왔음에도 만족스럽지 못한 결과가 나왔다고 생각했으니 말이다.

"미안하네, 이안. 보다시피 내 실력의 부족으로, 기형적인 물건이 나와 버리고 말았다네."

'기형적'이라는 말을 들은 이안은, 천천히 고개를 주억거렸다.

지금껏 카일란을 플레이하면서, 이 무기만큼 그 기형적이라는 단어가 어울리는 아이템은 단 한 번도 본 적이 없었으니 말이다.

"확실히 기형적인 물건이기는 하네요."

"그렇지?"

"하지만 성공도 실패도 아니라는 그 말씀에는 아직도 동의하지 못하겠네요."

이안의 말에, 티버는 시무룩한 표정이 되었다.

그가 이 무기를 마음에 들어 하지 않는다고 생각했기 때문이었다.

"흐음……. 역시 실패라고 생각하는 모양이군."

하지만 당연히도, 티버의 그 생각은 크나큰 오해였다.

잠시 뜸을 들인 이안이 씨익 웃으며 입을 열었다.

"아뇨, 티버 님."

"……?"

"전설의 무기 제작은…… 아무래도 '성공'인 것 같은 걸요?"

이안은 티버에게서 '전설의 무기'를 받았음에도 불구하고, 곧바로 대장간에서 나오지 않았다.

심지어 요일 전장이 열리기 바로 전날인 목요일까지도 대장간 안에 틀어박힌 채 요새에조차 나타나지 않았다.

그리고 그 이유는 다른 것이 아니었다.

새로 얻은 이 무기에 맞는, 완벽한 템 세팅을 갖추기 위해서였다.

'가지고 있는 자원 다 털어서, 이 무기의 위력을 극대화시킬 수 있는 완벽한 템 세팅을 완성해야 해.'

티버가 말한 대로 '기형적'인 스텟을 가진, '용사 이안의 검' 아이템.

이 검은, 지금껏 이안이 전투해 왔던 방식과 완전히 상반되는 성격을 가진 아이템이었다.

지금까지 이안의 전투 방식이 기동력과 민첩성 위주였다면, 이 무식한 몽둥이는 느리고 둔하지만 어마어마한 파괴력을 가졌으니 말이다.

때문에 이 녀석의 위력을 최대한 활용하기 위해서, 이안은 장비들을 한번 갈아엎을 수밖에 없었다.

'이렇게 된 이상, 아예 한 방 대미지에 몰빵해야겠어.'

심지어 이안은 대장간에서 망치를 휘두르느라 이어지는 요새 증축 퀘스트조차 받지 못했다.

경쟁자가 사라졌다며 좋아하던(?) 훈이가 이안에게 무슨 일이 생긴 것은 아닌지 걱정했을 정도.

하지만 그런 퀘스트는 어차피 상관없어진 상태였다.

'용사의 의식' 퀘스트를 클리어하기 전까지는 더 이상 공헌도도 얻을 수 없었으니 말이다.

이안은 기왕 이렇게 된 것, 본인이 생각하는 최상의 세팅을 완성한 뒤 금요일의 요일 전장에 참여할 생각이었다.

요일 전장을 캐리하며 무기의 성능을 테스트한 뒤 곧바로 '용사의 의식'에 도전하려는 것이다.

깡- 깡- 깡-!

밤이 깊은 늦은 시간까지도 쉴 새 없이 망치질 소리가 울려 퍼지는 티버의 대장간.

　그리고 그렇게 또 시간이 지나 어느새 금요일의 아침이 밝
아 오기 시작하였다.

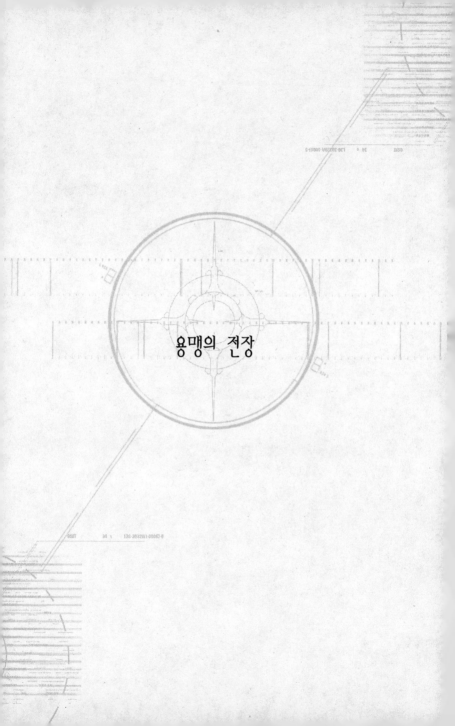

용맹의 전장

Taming
Master

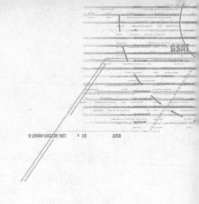

"저기, 부장님……."

"왜 그러는가, 김 과장?"

"제가 오늘 낮에 뭘 잘못 먹었는지, 복통도 심하고……."

"흐음?"

"자꾸 현기증 나고 어지러워서 그러는데, 혹시 오후 반차 쓰고 일찍 퇴근해 봐도 되겠습니까?"

"자네, 오늘 점심 나랑 같이 먹었잖나."

"옙."

"쯧쯧, 젊은 사람이 장이 그렇게 안 좋아서야."

"큭, 죄송합니다."

"그럼 오늘은 이만 퇴근해 보시게. 잔업은 내일 마저 마무리하시고.”

“감사합니다, 부장님!”

평범한 중견기업의 과장인 김춘봉.

그는 10년이 넘도록 같은 회사에 다니면서, 무척이나 성실하게 일해 왔다.

지금껏 일하면서 꾀병이나 농땡이와 같은 단어를 떠올려 본 적은, 한 손으로 꼽아도 손가락이 남을 정도.

하지만 반차를 쓰고 퇴근하는 지금, 그는 무척이나 오랜만에 꾀병이라는 것을 부려 보았다.

오늘은 무슨 일이 있어도 오후 3시 전에 집에 돌아가야 했기 때문이었다.

‘아, 조금만 더 일찍 나올 걸 그랬나? 차가 엄청 막히네.’

뭐가 그리 급한 것인지, 초조하게 아랫입술을 깨무는 김춘봉 과장.

항상 성실하던 그가 조기 퇴근을 결심한 이유는 오늘이 단지 금요일이기 때문은 아니었다.

불금 같은 것은 그의 라이프 스타일과 거리가 멀었으니 말이다.

그렇다면 김춘봉은 뭐 때문에 꾀병까지 부려 가며 이렇게 일찍 퇴근한 것일까?

“아, 이 xx같은 신호는 왜 이렇게 긴 거야? 이안갓 영접하러 가야 하는데!”

그가 오후 3시 전에 집으로 돌아가야 되는 이유는 다름 아닌 카일란 때문.

좀 더 정확히 말하자면, 게임 방송 YTBC에서 3시부터 시작되는 '용맹의 깃발 전장' 방송 때문이었다.

물론 이달 초부터 용맹의 전장은 매주 금요일에 열리고 있었지만, 그렇다고 금요일마다 항상 조기 퇴근을 하는 것은 아니었다.

다만 바로 오늘.

오늘의 금요일 전장은 조금 더 특별했다.

오늘 열리는 용맹의 깃발 전장에, 드디어 '이안'이 참전한다는 정보를 입수했기 때문이었다.

용사의 마을이 열린 첫째 주 요일 전장에만 한 번씩 참여한 뒤, 그 뒤로는 단 한 번도 요일 전장에 나타나지 않았던 이안.

때문에 이안이 참전하는 오늘의 '용맹의 깃발 전장' 중계방송은, 한국의 카일란 팬이라면 무조건 본방사수를 해야만 하는 콘텐츠였다.

"으으, 폰으로 먼저 틀어 둬야 하나?"

그렇다면 김춘봉은 이안이 용맹의 깃발 전장에 참전한다는 사실을 어떻게 알았을까?

그가 그 사실을 알게 된 것은, 다름 아닌 공식 커뮤니티의 한 게시물 덕분이었다.

커뮤니티에서 자주 활동하는 네임드 랭커 하나가 올린 게시물을 점심시간에 우연찮게 보게 된 것이다.

　-제목 : 대박! 님들, 대박 소식 하나 물고 왔습니다!

　-안녕하세요. 아시는 분도 계시겠지만, 전 궁사 랭킹 200위 수문장 샤폰입니다.

　그리고 저는 어젯밤에 드디어 용사의 마을 입성했습니다.

　……중략……

　오늘 아침에 '용맹의 깃발' 전장에 참전하려고 신청서 등록하고 왔는데, 제 바로 앞에 이안갓이 있는 게 아니겠습니까?

　해서 일단 스샷부터 하나 박아 놓은 뒤에 이안갓에게 물어봤습니다.

　오늘 깃발 전장에 참여하시는 게 맞냐고 물어봤죠.

　그랬더니 시크하게 고개를 끄덕이시고는, 바람처럼 사라지시더라고요.

　크, 이상하게 생긴 몽둥이 같은 걸 등에 메고 계셨는데, 포스 장난 아니었습니다.

　의심하는 분들이 계실까 봐 인증 스샷 밑에 첨부합니다.

　……중략……

　흐흐, 지금 용사의 마을 입성하신 천군 진영 랭커분들, 오늘 금요 전장은 무조건 참전하시길 바랍니다.

　이안갓 참전하는 순간 승리는 무조건일 거고 콜드게임이라도 뜨면 공헌도 3배 루팡하는 겁니다.

　물론 마군 진영 랭커분들께선, 조용히 신청서 집어넣으시길.

Comment(1,273)

-이거 실화임? 오늘 용맹의 깃발 전장에 이안 등판한다고?

-저기 스샷 보면 100퍼센트 실화인 듯. 포샵으로 이안 얼굴 그려 넣은 거 아닌 이상, 주작은 아닌 듯.

-크으으, 오졌다! 오늘 두시 반부터 YTBC 틀어놓고 대기 타야겠다.

-근데 저기 이안 등에 메여 있는 거무튀튀한 몽둥이는 대체 뭘까? 용도가 짐작이 안 되네.

-저거 들고 마군 랭커들 뚝배기 깨려는 거 아님?

-노노, 그러기엔 저거 퀄리티가 너무 낮아 보임. 이안갓 갑옷이랑 비교해 보셈. 저런 허접한 몽둥이가 무기일 리가 없음.

-하긴……. 근데 저 갑옷은 진짜 멋지다. 저런 템은 어디서 난 거지 대체? 용사의 마을 대장간에 저런 건 안 팔던데…….

……중략……

-아오, 오늘 6교시 수업은 째야 되나? 무조건 본방 사수해야 되는 각인데.

-ㅠㅠ급식은 웁니다. ㅠㅠ 그냥 자습시간에 재방으로 봐야겠네.

-ㅠㅠ 학식도 웁니다……. 오늘 시험 있는 날인데…….

-님들 다 조용히 하셈. 나 아침부터 용맹의 깃발 전장 참전신청 하고 왔는데, 이거 물리기 가능함?

-ㅋㅋㅋ윗님, 마군 진영 랭커신가 보네. 안타깝지만 한 번 신청한 다음엔 취소 안 될 듯.

-으아아, 그냥 얌전히 메인 퀘나 하고 있을 걸……. 세 시간 그대로

날려먹게 생겼네.

　-흐흐, 이안갓은 사랑입니다. 난 메인 퀘하던 거 접고 바로 지금 신청서 넣으러 감. 오늘 공헌도 500이상 루팡 가능 각임.

　-카일란하는김과장 : 저는 오늘 반차 쓰고 조퇴 각.

　김춘봉이 내용을 확인하였을 때는, 게시물이 올라온 지 불과 30분밖에 지나지 않았던 시점이었다.

　하지만 댓글은 이미 1천 개도 넘게 달려 있었고, 게시물은 순식간에 추천 게시물로 올라가 있었다.

　평소에 댓글 같은 것은 잘 달지 않던 김춘봉마저 한 줄 코멘트를 남겼을 정도이니, 커뮤니티에서 이안의 인기를 실감할 수 있는 부분이었다.

　삐빅-!

　아파트 주차장에 도착한 김춘봉은 서둘러 차에서 내려 다급히 집을 향해 뛰어 올라갔다.

　그의 집은 4층이었지만, 엘리베이터를 기다릴 시간 따위는 없었다.

　투당탕탕-!

　그리고 3시가 되기 정확히 3분 전.

　피잉!

　집에 도착해 TV를 켜는 데 성공한 김춘봉은, 그대로 소파에 몸을 던졌다.

용맹의 깃발 전장의 러닝 타임인 3시간 동안, 그는 이 소
파에서 단 한 발자국도 움직일 생각이 없었다.

수많은 인파들로 북적이는, 용사의 마을 천군 진영의 공터.

콘텐츠가 열린 지 2주차가 지난 뒤부터 이곳은 항상 사람
들로 북적였지만, 요일 전장이 열리는 수, 금, 일요일은 평소
보다도 훨씬 많은 사람들이 공터에 모일 수밖에 없었다.

전장으로 이동하는 포털이 항상 이 공터에 생성되기 때문
이었다.

"아잣, 장비 세팅이랑 스킬 정비는 다 끝났고……. 이제
포털만 열리면 되는 건가?"

"좋았어. 오늘은 꼭 3킬 달성하고 만다."

"뭐야, 너 지난번에 3킬도 달성 못 했어?"

"그게…… 쉽지 않더라고. 부활하면 곧바로 두들겨 맞고
사망하더라."

"으, 난 이번에 처음인데. 떨리네."

유저들은 삼삼오오 모여, 전장으로 향하는 포털이 열리기
만을 기다렸다.

전장을 기다리는 수많은 유저들 중 대부분이 첫 번째 참전
하는 이들이었기 때문에, 대부분의 대화는 전장에 관련된 정

보를 공유하는 것이었다.

"처음 입장하시는 거면, 절대로 최전방으로 나가시면 안 돼요. 방어 타워에 정타로 맞으면, 어지간한 탱커도 한 방에 골로 가거든요."

"킬 누적시키는 것만큼이나, 안 죽는 것도 중요해요. 한번 죽을 때마다 획득 공헌도 절반 날아가더라고요."

그리고 유저들이 대화를 나누는 사이, 공터의 중심에 놓여 있는 거대한 전고戰鼓가 커다랗게 울리기 시작하였다.

그것은 전장의 포털이 곧 열릴 것임을 알리는, 신호탄이라고 할 수 있었다.

둥– 둥– 둥–.

이어서 공터에 대기하고 있던 유저들의 눈앞에 기다렸던 시스템 메시지가 떠올랐다.

–금일 열리는 요일 전장인 '용맹의 깃발' 전장에 참여할 병사들은 우측 포털로 입장하시길 바랍니다.

–용맹의 깃발 전장은 낮 12시 전에 신청서를 제출한 유저만이 참전 가능합니다.

"오오, 드디어!"

"가즈아!"

메시지가 떠오르자마자, 생성된 포털을 향해 우르르 몰려가는 천군 진영의 랭커들.

그들은 뭐가 그리 급한 것인지 앞 다투어 포털 안으로 뛰어들고 있었다.

그리고 그 소란스러운 소리 때문인지, 공터의 구석에 앉아 꾸벅꾸벅 졸고 있던 한 남자가 눈을 비비며 자리에서 일어났다.

"하아암……. 이제 시작인가?"

남자의 정체는, 티버의 대장간에서 밤을 새우다시피 한이안.

천군 진영의 랭커들이 포털을 향해 우르르 뛰어 들어간 뒤이안은 느긋한 걸음으로 그들을 따라 들어갔다.

이안 또한 다른 랭커들이 서두르는 이유를 알고 있었지만, 그것은 이안에겐 해당 사항 없는 이유였다.

'뭐, 어차피 어디 배정되든 난 상관없으니까.'

처음 용맹의 깃발 전장에 입장하면, 입장하는 순서대로 참전 포지션을 선택할 수 있게 된다.

전투가 일어났을 때 대열 안에서 자신이 지켜야 할 위치를 선택할 수 있게 해 주는 것이다.

그리고 전투 중에 그 대열을 벗어나면, 유저는 적을 처치했을 때 얻을 수 있는 공헌도의 일부를 삭감당한다.

자신이 지켜야할 위치에서 멀어질수록 공헌도가 더 많이 떨어지게 되어, 대열을 완전히 벗어난 상태에서 적을 처치하면 아예 0에 수렴하는 공헌도를 받게 되어 있는 것이다.

때문에 다른 랭커들은, 서로 경쟁하듯 포털에 입장할 수밖에 없었다.

전투 대열의 어디에 위치하느냐에 따라 생존률이 극과 극을 달리기 때문이었다.

물론 전투 중에 대열이 바뀌기도 하지만 처음 배정되는 포지션은 충분히 중요했으니까.

하지만 그들과 달리 공헌도에 관심이 없는 이안에게 대열이란 무의미했다.

이안이 깃발 전장에서 얻을 수 있는 자원 중 관심 있는 건 오로지 화폐로 사용 가능한 영웅 점수뿐.

때문에 오늘 있을 용맹의 깃발 전장에서 이안의 포지션은 말 그대로 '프리 롤Free Roll'이라고 할 수 있었다.

'오늘은 한번, 마음대로 날뛰어 볼 수 있겠어.'

공헌도의 노예(?)로서 참전했던, 첫째 주 전장에서의 답답함을 풀기 위해 이안은 속으로 단단히 벼르면서 포털을 향해 발을 내디뎠다.

이어서 그의 한쪽 발이 포털 안쪽을 디딘 순간…….

우우웅-!

전신이 새하얀 빛으로 휘감기며, 이안의 시야가 까맣게 물들었다.

그리고 천천히 다시 밝아지는 이안의 시야에 낯익은 시스템 메시지들이 주르륵 하고 떠오르기 시작하였다.

띠링-!

-금요일의 요일 전장 '용맹의 깃발' 전장에 입장하셨습니다.

-지금부터 '용맹의 깃발' 전장이 종료될 때까지 전장 밖으로 벗어날 수 없습니다.

-전장에 투입되기 전, 부대와 대열을 선택합니다.

-참전 가능한 위치가 한 자리밖에 남지 않아, 자동으로 포지션이 선택됩니다.

-천호 부대의 A열 5번의 위치에 배정되었습니다.

-배정된 대열에서 10미터 이상 벗어난 상태로 전투하면, 획득할 수 있는 공헌도가 삭감됩니다.

······중략······

떠오르는 메시지들을 확인한 이안의 입꼬리가 슬쩍 말려 올라갔다.

'흐, 역시 마지막까지 남는 자리는 이쪽일 수밖에 없나?'

단지 메시지를 읽은 것뿐이었지만, 이안은 그것만으로도 배정된 위치를 정확히 파악할 수 있었다.

천호부대의 A열 5번이라는 위치는, 그야말로 최전방의 정중앙이라 할 수 있는 곳이었으니 말이다.

"전설의 무기를 개시하기에 아주 완벽한 포지션이야."

등에 메고 있던 몽둥이를 뽑아 든 이안은 눈앞에 펼쳐진 전장을 보며 만족스러운 목소리로 중얼거렸다.

이어서 그의 눈앞에 전투의 시작을 알리는 메시지가 떠올랐다.

―지금부터 '용맹의 깃발' 전장의 전투가 시작됩니다.

―첫 번째 임무가 발동하였습니다.

―'천호부대의 깃발' 아이템을 획득하였습니다.

―용맹의 전장(547, 1,295)의 위치에 있는 거점을 점령하고, '천호'부대의 깃발을 꽂으십시오.

용사의 마을에는 많은 콘텐츠들이 존재한다.

그리고 콘텐츠가 다양한 만큼, 얻을 수 있는 보상도 무척이나 다양했다.

하지만 모든 콘텐츠에서 가장 중요한 보상은 당연히 '공헌도'라 할 수 있었다.

어찌 되었든 이 용사의 마을을 졸업하여 '중간자'의 위격을 얻는 것이 이 콘텐츠의 궁극적인 목표였으니 말이었다.

다시 말해 이 용사의 마을에서 모든 콘텐츠에 우선하는 것은 '중간자의 위격'을 얻기 위한 조건을 충족시키는 것이었다.

때문에 지금 이안에게 가장 시급한 것은, 사실 용사의 의식에 도전하는 것이었다.

중간자의 위격을 얻기 위한 조건이 몇 가지나 될지는 모르지만, 이안이 알아본 바에 의하면 용사의 의식을 치르는 것도 그 조건 중 하나였으니 말이었다.

그렇다면 지금 이안은 실질적으로 중요하지도 않은 요일 전장에 무슨 이유로 참전한 것일까?

그 이유는 바로, 이 '용맹의 깃발' 전장이 데스 페널티가 가장 적은 전장이기 때문이었다.

이 전장 안에서 전투가 진행되는 동안은 아무리 많이 죽어도 유저에게 전혀 불이익이 없으니 말이었다.

유일한 페널티라고는 부활 대기 시간인 5분.

아이템 세팅을 싹 다 바꾸고 새로운 방식의 전투 스타일을 도전하는 이안에 있어서 이 '용맹의 깃발' 전장만큼 훌륭한 트레이닝 그라운드는 없었다고 할 수 있었다.

'뭐, 중립 지역에서 굴러 보는 것도 괜찮은 방법이기는 하지만……'

물론 공헌도가 0인 이안의 경우, 그냥 중립 지역에서 계속 죽어도 페널티가 없는 것이나 마찬가지이기는 하다.

하지만 중립 지역에 가지 않고 용맹의 깃발 전장에 참여한 것에는, 두 가지의 이유가 있었다.

첫 번째, 아무것도 얻을 게 없는 중립 지역과 달리 용맹의 깃발 전장에는 얻을 것이 있다.

이곳에서는 적을 처치할 시 제법 많은 '영웅 점수'를 획득할 수 있으니 말이다.

영웅 점수는 용사의 마을 내에서 화폐로 요긴하게 사용되니, 충분히 의미 있는 자원이라 할 수 있었다.

그리고 두 번째, 중립 지역에서 상대할 수 있는 거의 모든 적들은 아직까지 NPC들로만 구성되어 있다.

반면에 요일 전장에서의 전투는 대부분이 유저들과의 전투이다.

새로운 전투 스타일을 시험해 보기 위해서는, 아무래도 NPC보다는 유저를 상대하는 게 훨씬 더 나은 선택지인 것이다.

카일란의 인공지능이 아무리 뛰어나다 한들 NPC들의 전투지능이 세계 각국의 랭커들과 비교될 정도는 아닐 테니 말이다.

어쨌든 그러한 이유로, 이렇게 용맹의 전장에 참전하게 된 것이었다.

덕분에 신이 난 것은 용맹의 깃발 전장을 중계 중인 각국의 게임 채널 방송국들이었다.

대부분의 선두 그룹 랭커들이, 메인 퀘스트 때문에 요일 전장에 참전하지 못하는 요즘, 그들 중에서도 가장 핫한 인물인 이안의 등장은, 너무나도 훌륭한 떡밥이라 할 수 있었으니 말이다.

특히 카일란을 하는 전 국민이 이안의 팬이나 마찬가지인 한국의 경우, 그가 요일 전장에 참전한 것만으로 시청률이 두 배 이상 뻥튀기되었을 정도였다.

－이안! 드디어 그가 다시 나타났습니다, 여러분!

테이밍마스터

-지난주, 그리고 바로 엊그제 있었던 수요일의 전장까지⋯⋯. 그동안의 이안 없던 요일 전장은, 마치 앙꼬 없는 찐빵과도 같았죠.

-루시아 님 말씀이 맞습니다. 물론 지난 전장까지도 재미가 없었던 것은 아닙니다만, 스포츠 경기로 따지면 마치 2군 경기를 보는 느낌이었달까요?

-하인스 님의 비유가 정말 적절하시네요. 첫째 주에 이안을 비롯한 선두 그룹의 랭커들이 워낙 대단한 전투들을 보여 줘서인지, 확실히 지난주부터의 요일 전장은 아쉬운 감이 있었어요.

-어쨌든 오늘은 그가 왔습니다, 여러분! 아직까지 이 사실을 모르는 친구가 주변에 있다면, 지금이라도 얼른 연락 돌리세요! 지금 막 전투가 시작되었으니, 아직 늦지 않았거든요!

YTBC의 캐스터인 하인스와 루시아.

그들의 흥분된 목소리만 들어 보더라도, 한국의 카일란 팬들이 얼마나 이안을 기다려 왔는지 충분히 느낄 수 있었다.

-자, 그럼 하인스 님.

-넵!

-이안갓의 등장에 대한 이야기는 잠시 뒤로 미뤄 두고, 이 '용맹의 깃발' 전장에 대한 설명을 간략하게 해 주실 수 있을까요?

-아, 죄송합니다. 제가 너무 흥분해서, 전장에 대해 설명하는 것조차 잊고 있었군요.

-호호, 아니에요, 하인스 님. 어차피 이제 대부분의 시청자분들께서 전장의 룰에 대해 알고 계실 테니, 간략하게 포인트만 짚고 넘어가면 될

것 같아요.

─하핫, 그럼 얼른 '용맹의 깃발' 전장에 대해 간단하게 브리핑해 보도록 하겠습니다. 첫 번째 깃발 전투가 시작되기까지 3분 정도 걸릴 테니, 그 안에 깔끔하게 설명해 드리도록 하죠.

카일란 오픈 초기부터 호흡을 맞추기 시작하여, 이제는 죽이 척척 맞는 루시아와 하인스.

루시아의 토스를 이어 받은 하인스는 용맹의 깃발 전장에 대한 룰을 간략하게 설명하기 시작했다.

그리고 그 내용을 정리하자면 다음과 같았다.

1. '용맹의 깃발' 전장에서 승리하기 위해서는, 최대한 많은 거점을 점령해야만 한다.

*전장에는 총 스무 곳의 거점이 존재하며, 주어진 시간이 전부 지난 시점에 더 많은 거점을 보유하고 있는 진영이 승리하게 된다.

*만약 시간이 전부 지났을 때, 보유하고 있는 거점의 숫자가 양 진영이 동일하다면 '최후의 전장'으로 소환되어, 그곳에 있는 하나의 거점을 먼저 점령하는 진영이 승리하게 된다.

*만약 주어진 시간이 전부 지나지 않았더라도, 한쪽 진영이 모든 거점을 점령한다면. 남은 시간과 관계없이 콜드 게임으로 전투에서 승리하게 된다(콜드 게임으로 전투에서 승리하게 될 시, 승리한 진영의 모든 유저들이 전장에서 획득한 공헌도를 300퍼센트로 적용

받는다).

2. '용맹의 깃발' 전장에서 공헌도를 획득하는 방법은 세 가지이다.

적을 처치하거나, 타워를 철거하거나, 거점에 깃발을 꽂아 점령하거나.

*적을 처치했을 시 처치한 대상의 계급과 공헌도에 비례하여 공헌도를 획득하며, 사망하지 않고 킬 포인트를 늘릴 때마다 획득하는 공헌도가 증가한다(대상이 지금껏 획득한 모든 공헌도 총합의 0.6퍼센트 획득) (연속 킬 보너스가 쌓일 때마다, 추가로 0.2퍼센트씩 증가).

*방어 타워를 철거했을 시 방어 타워의 레벨에 비례하여 공헌도를 획득한다(방어 타워의 레벨×50).

*거점에 깃발을 꼽아 점령하였을 시 본인의 계급에 따라 획득하는 공헌도가 결정된다(정예병 계급 기준 360포인트 획득).

3. 전장에서 승리할 시, 승리한 진영으로 참전한 모든 유저들에게 하루 동안 '용맹의 함성' 버프가 부여된다.

*용맹의 함성

–모든 전투 능력 : +3퍼센트

–획득하는 모든 공헌도 : +3퍼센트

–획득하는 모든 영웅 점수 : +5퍼센트

물론 좀 더 세부적으로 파고들자면, 용맹의 깃발 전장에는 이보다 훨씬 다양하고 구체적인 룰들이 존재했다.

하지만 직접 플레이하는 유저가 아닌 이상에야 이 정도만 알아도 전장을 감상하는 데에는 전혀 지장이 없었으니, 하인스는 더 이상 설명을 늘리지 않고 마무리하였다.

─매번 느끼는 부분이지만, 이 '용맹의 깃발' 전장의 룰이 신의 말판 전장에 비해서는 한결 이해하기 편한 것 같네요.

─맞습니다, 루시아 님. 사실 신의 말판 전장은 저도 아직까지 전부 다 이해하질 못했거든요, 하하.

─이렇게 복잡한 룰 속에서 매번 멋진 장면을 보여 주는 랭커들은 정말 대단한 것 같아요.

─그러게 말입니다. 그 멋진 플레이들을 이렇게 감상할 수 있다는 것은 정말 감사한 일인 것 같습니다.

룰에 대한 설명이 다 끝난 뒤에도, 루시아와 하인스는 이런 저런 랭커들과 관련된 잡담을 떠들기 시작하였다.

전장은 오픈되었지만 본격적인 전투가 시작되는 데까지는 조금 더 시간이 걸리니, 그동안 할 말들을 미리 준비해 놓은 것이다.

하지만 두 사람의 잡담이 시작된 지 10초도 채 지나지 않았을 때였다.

─그래서 이번 전장에 참여한……!

─갑자기 왜 그러세요, 하인스 님?

루시아와 마주보며 뭔가 이야기를 하고 있던 하인스가 돌연 말을 멈추더니 자리에서 벌떡 일어났다.

　─지, 지금……! 갑자기 돌발 상황이 발생했습니다, 여러분!

　용맹의 깃발 전장의 맵은 무척이나 단순한 구조를 가지고 있었다.

　지형적으로 약간의 변화가 있기는 했지만, 그것을 제외하면 가로로 기다란 형태의 단순한 맵이니 말이다.

　길쭉한 맵에 총 열 개의 메인 거점이 가로로 늘어서 있었으며, 남쪽과 북쪽에 각각 다섯 개씩의 서브 거점이 추가로 줄지어 위치하고 있었다.

　그리고 전장이 열리면서 소환되는 양 진영의 유저들은, 각각 동쪽과 서쪽 끝에서 스타트하게 되어 있었다.

　맵의 반대편에서 소환된 양 진영의 유저들이 최대한 빠르게 거점을 점령하며, 서로의 진영을 향해 세력을 확장시켜 가는 구조인 것이다.

　그리고 전투가 시작되면, 유저들은 설정된 대열과 위치를 유지한 채로 첫 번째 목적지를 향해 진격하게 된다.

　대열에서 벗어나면 어떠한 공헌도도 획득할 수 없게 되어 있으니 개인행동을 하는 것은 사실상 힘든 구조였다.

　때문에 일반적으로 전장에서 승리하기 위해선, 초반에 유저들끼리 단합하여 중립 상태인 거점을 빠르게 점령하는 것이 관건이었다.

어차피 어느 한쪽 진영의 전력이 압도적인 경우는 거의 없었고, 때문에 처음에 한번 전선이 형성되고 나면 그것을 뒤집기가 무척이나 힘들었으니 말이다.

하지만 그것은 어디까지나 '일반적'인 경우에 한해서 예측 가능한 전개였을 뿐.

애초에 다른 유저들과 참전 목적 자체가 다른 이안이 전장에 포함되어 있었으니, 그것으로 이미 '일반적'이라는 전제는 깔 수 없게 되어 버렸다.

푸릉- 푸르릉-!

전장에 진입하자마자 까망이를 소환한 이안은, 날렵한 몸놀림으로 등에 올라탔다.

그리고 그 등에 안착한 순간, 까망이의 고유 능력인 '어둠의 날개'가 발동되었다.

촤아아아-!

어둠의 날개는, 이안이 가진 모든 고유 능력들 중 가장 먼 거리를 이동할 수 있는 돌진 계열의 스킬이다.

그리고 이안이 이 스킬을 사용했다는 것은…….

"어어, 누가 대열을 이탈했어!"

"누구야? 어느 나라 유저야?"

그 즉시, 천군 진영의 대열을 벗어난 것이라고 할 수 있었다.

"대열 망가뜨리지 말고 빨리 돌아와! 어차피 혼자 나가서는 아무것도 할 게 없다고!"

순식간에 전방으로 튀어나온 이안의 귓등으로 희미하게 들려오는 누군가의 목소리.

그 소리를 들은 이안은 피식 웃으며 속으로 중얼거렸다.

'할 게 없기는 왜 없어? 당장이라도 이 녀석을 휘둘러 보고 싶어서 근질거리는데 말이야.'

전장에 입장한 수백 명의 유저들 중 한국 서버 랭커들의 숫자는 채 스무 명도 되지 않는다.

때문에 튀어나가는 이안의 뒷모습만으로 그를 알아볼 수 있는 유저는, 생각보다 많지 않았다.

"하, 시작부터 별종이 하나 끼어 있네."

"전장에 적용되는 룰을 읽어 보기는 하고 들어온 건가?"

튀어나간 것이 이안임을 알아보지 못한 다른 서버의 랭커들로서는, 그저 똥 밟았다는 생각이 들 수밖에 없는 것.

하지만 이안은, 그들에게 자초지종을 설명해 줄 여유가 없었다.

미리 생각해 뒀던 '기습'을 실행하려면, 최대한 빨리 움직여서 남쪽의 협곡을 선점해야 했기 때문이었다.

'메인 거점의 점령이 다 끝나고 나면, 마족 놈들은 분명 남

쪽 라인부터 병력을 움직여 올 거야. 그 전에 내가 한 곳만 점령해 놓으면, 재밌는 그림이 그려지겠지.'

너무도 당연한 이야기겠지만.

처음 전장이 열렸을 때, 전장 내에 존재하는 스무 개의 거점은 양 진영 중 어떤 진영의 거점도 아닌 중립 지역이다.

그렇다면 깃발만 들고 뛰어가서 거점에 꽂으면 되는 것이 아니냐고 생각할 수 있겠지만, 그것 또한 당연히 아니었다.

모든 중립 지역은 중립 몬스터들이 지키고 있었으며, 그들을 처치하지 않고서는 거점 점령이라는 게 사실 불가능에 가까웠으니 말이다.

그리고 그 몬스터들은 대충 구성된 전력으로 금방 처치할 수 있을 만큼 허약한 개체들이 아니었다.

때문에 메인 거점이라 할 수 있는 중앙 라인을 먼저 전력을 다해 점령한 뒤.

그 다음에 노리게 되는 곳이 아래위의 서브 거점들이었다.

메인 라인의 열 개 거점 중 가까운 다섯 개를 안정적으로 확보해 둔 뒤 상대 진영의 눈치를 봐 가며 아래위로 병력을 이동시키는 전략이 보통인 것이다.

그리고 이안이 노리는 것은, 바로 이런 일반적인 상황에서 오는 허점이었다.

'마족 놈들이 메인 거점 점령을 끝내기 전에, 남쪽 서브 거점 하나를 점령해서 길목을 막아 버려야겠어.'

이안이 지금 아무리 강력하다 한들 적 진영의 주력 병력을 상대로 홀로 맞서는 것은 말도 안 되는 일이다.

하지만 주력이 메인 거점에 있는 상태에서 서브 거점을 점령하기 위해 내려오는 병력들 정도는 충분히 상대할 수 있는 수준이라고 할 수 있었다.

'이제 관건은, 거점을 지키고 있을 차원의 골렘을 내가 솔플로 잡을 수 있냐는 건데…….'

까망이를 타고 빠르게 이동하는 와중에도, 이안은 계속해서 머릿속으로 전투를 시뮬레이션해 보았다.

밤을 세워 가며 세팅한 아이템들이 생각대로만 성능을 발휘해 준다면 충분히 가능한 일.

그리고 그렇게 쉴 새 없이 이동하며 10여 분 정도의 시간이 지났을까?

-거점(중립 지역)의 영역에 진입하였습니다.

-거점을 지키는 적으로부터 공격받을 수 있습니다.

새롭게 떠오른 두 줄의 메시지와 함께 거점을 지키는 거대한 차원의 골렘이 이안의 시야에 모습을 드러내었다.

사라와 바네사는 오늘 무척이나 기분이 좋았다.

메인 퀘스트를 진행하던 중 생각지도 못했던 히든피스를

찾은 덕분에 두 사람 모두 뛰어난 장비를 얻었기 때문이다.

특히 '영웅(초월)' 등급의 지팡이를 얻게 된 사라의 경우, 얼른 마법을 캐스팅해 보고 싶어 손이 근질거릴 지경!

'흐흣, 오늘 용맹의 깃발 전장을 캐리하는 건 내가 될 거라고.'

사라는 다른 선두 그룹의 랭커들과 비교했을 때 용사의 마을에 늦게 진입한 편이었다.

따로 길드의 도움을 받지 않고 항상 쌍둥이 자매 둘이서만 움직이다 보니 랭킹에 비해 조금 진도가 늦은 것이다.

하지만 진입 후 메인 퀘스트를 순조롭게 잘 풀어 간 덕에, 지금은 20위권 위쪽으로 올라와 있었다.

이것은 두 사람의 실력을 방증하는 것이었다.

'그리고 오늘 이 스태프와 함께 용맹의 깃발 전장을 캐리한다면, 거의 10위권을 바라볼 수 있게 되겠지.'

기분이 좋아졌는지 콧노래까지 흥얼거리는 사라를 보며, 옆에 있던 바네사가 한마디 했다.

"언니, 너무 흥분해서 실수하면 안 돼."

그에 사라는 어이없다는 표정으로 대꾸한다.

"……이게 내가 할 소리를 하네."

두 자매는 지난주 깃발 전장에서도 이미 제법 높은 성적을 거둔 전력이 있었다.

때문에 전력이 한층 강화된 오늘은, 더욱 기대에 차 있을 수밖에 없었다.

"자, 이제 슬슬 중립 거점 진입인가?"

"좋아. 언니, 골렘은 일단 버리고 깃발 파수꾼부터 잡아야 되는 거 알지?"

"당연하지. 깃발은 무조건 우리가 꽂아야 된다고."

중립 지역을 지키는 가장 강력한 몬스터인 차원의 골렘은 1천 포인트도 넘는 엄청난 양의 영웅 점수를 드롭한다.

하지만 공헌도가 최우선인 두 자매에게 골렘은 큰 의미가 없었다.

골렘을 비롯한 중립 거점의 몬스터들은 단 1포인트의 공헌도도 주지 않기 때문이었다.

그렇다면 두 자매가 깃발 파수꾼을 노리는 이유는 무엇일까?

그 이유는 바로, 다른 중립 몬스터와 달리 깃발 파수꾼은 공헌도 증폭 버프를 걸어 주기 때문이었다.

파수꾼을 한 마리라도 처치하면 그 시점으로부터 10분 동안 획득하는 모든 공헌도가 30퍼센트만큼 증가하는 것이다.

게다가 이 깃발 파수꾼을 가장 많이 처치하면, 깃발 선점이 유리해진다.

깃발 파수꾼을 한 마리 처치할 때마다, 깃발을 설치하는데 필요한 시간이 10퍼센트만큼씩 줄어들기 때문이었다.

파수꾼 처치 버프 없이 깃발을 설치하면 거의 5분이 걸리지만, 열 마리의 파수꾼을 독식할 수만 있다면 꽂는 즉시 깃발이 설치되는 것.

물론 딱 열 마리인 깃발 파수꾼을 한 사람이 독점하는 것은 거의 불가능했으니, 아무리 빨라도 2분 정도는 잡아야 한다고 할 수 있었다.

'좋았어. 깃발 하나당 360포인트니까. 딱 세 번만 성공해도 공헌도 1천이야.'

점점 가까워지는 첫 번째 중립 거점을 보며 마른침을 삼키는 사라.

그리고 잠시 후, 거점 진입을 알리는 메시지와 함께 전투의 시작을 알리는 꽹과리 소리가 울려 퍼졌다.

-거점(중립 지역)의 영역에 진입하였습니다.

-거점을 지키는 적으로부터 공격받을 수 있습니다.

꽹- 꽹- 꽹- !

"전군, 진격하라!"

"대열을 유지하고 적들을 상대하라!"

"빠르게 거점을 점령하고 다음 거점으로 이동하자!"

각각의 부대를 맡고 있는 백인장 계급 NPC들의 우렁찬 고함 소리와 함께 일제히 전장을 향해 몰려나가는 유저들.

그런데 그 순간!

띠링- !

전장에 있는 모든 유저들의 눈앞에 도저히 믿을 수 없는 시스템 메시지가 주륵 하고 떠올랐다.

　-'천군' 진영이 첫 번째 거점을 점령하였습니다.

　-현재 스코어 - 천군 1 : 마군 0

　분명 전투는 이제 시작이건만, 거점을 점령했다는 메시지
가 떠올라 버린 것이다.

　콰쾅- 콰콰쾅-!

　마치 다이너마이트가 폭발하기라도 한 듯 어마어마한 굉
음과 함께 비산하는 수많은 바위 파편들.

　그리고 폭발하듯 부서져 비산하는 바위 조각들의 사이로,
한 남자가 우두커니 서있었다.

　"……."

　검을 내려친 자세 그대로, 미동조차 하지 않고 굳어있는
남자.

　그의 정체는 바로, 이안이었다.

　'크으, 이게 바로 딜뽕에 취하는 기분이구나!'

　사실 그가 굳어 있는 것은 다른 것 때문이 아니었다.

　지금 그의 눈앞에 떠 있는 몇 줄의 메시지.

　그 메시지들을 음미하느라, 잠시 멈춰 있었던 것뿐이었다.

　-'차원의 골렘'에게 강력한 피해를 입혔습니다!

-'전설의 차원 무기' 효과가 발동하였습니다.

-'차원 방호막'을 60만큼 관통합니다.

-'차원의 골렘'의 '차원 방호막'이 전부 관통되었습니다.

-'차원의 골렘'의 생명력이 19,820만큼 감소합니다.

-'차원의 골렘'을 처치하는 데 성공하였습니다.

-처치 기여도 100퍼센트

-영웅 점수를 2,350만큼 획득합니다.

원래 중립 지역을 지키는 차원의 골렘은 어마어마한 맷집과 방어력으로 유명했다.

기본 방어력이 어마어마한 데다 차원 방호막을 60이나 가지고 있어서, 차원 속성을 제외한 모든 피해를 60퍼센트만큼 무효화시키니 말이다.

때문에 어지간한 공격으론 500이상의 대미지를 박는 것도 쉽지 않았으며, 심지어 이안조차도 처음 이 녀석을 만났을 당시 1천대의 대미지를 넘어 보지 못했었다.

그런데 지금 이안의 눈앞에 떠 있는 피해량은 무려 2만에 육박하는 기가 막힌 수치였다.

이것은 이 괴물 같은 녀석을, 단 세 방에 터뜨려 버릴 수 있는 무지막지한 파괴력.

심지어 이 숫자가 더욱 대단한 이유는 방금 이 공격이 '치명적인 피해'가 아니라는 점이었다.

말이 좋아 '강력한 피해'라고 떠오른 것이지 이것은 그냥 빗맞지 않은 대부분의 공격에 떠오르는 수식인 것이다.

만약 방호막 관통 효과가 없었다고 해도 8천에 가까운 대미지가 나온 셈이니 '전설의 차원 무기' 효과로 방호막을 무시한다는 점을 감안하더라도, 이해하기 힘든 수준의 공격력이라 할 수 있었다.

대체 이안의 이 어처구니없는 대미지는 어떻게 가능하게 된 것일까?

그것은 당연히, 이안이 새로 세팅한 장비들의 옵션과 관련이 있었다.

'역시 평타에 몰빵한 게 답이었어.'

지금 이안의 장비들은, 원래의 장비들보다 등급 자체는 오히려 더 낮았다.

원래의 장비들은 전부 유일 등급 이상의 장비들이었는데, 현재 이안이 착용하고 있는 장비들은 천룡군장 세트를 빼면 대부분 희귀 등급 이하였기 때문이다.

'옵션을 다 맞추려면 일정 부분 다른 성능을 포기해야 했으니까…….'

그리고 이 세팅을 통해 이안이 얻은 것은 무려 70퍼센트 가까이 추가된 '일반 공격력' 증가 옵션이었다.

총체적인 다른 스텟들을 포기하면서 평타 공격력을 극대화시킨 것이다.

사실 이 옵션은 카일란에서 일반적으로 많이 쓰이는 옵션은 아니었다.

옵션으로 향상되는 것이 '평타' 공격력에 한정되어 있기 때문에, 공격 스킬을 사용할 시 효율이 급감하니 말이다.

평타에 한정되어 있는 '일반 공격력 증가' 옵션보다는, 공격 스킬에도 똑같이 적용되는 '치명타 확률 증가'나 '공격 속도 증가' 등의 범용적인 옵션을 선택하는 것이 훨씬 더 고효율이 나올 수밖에 없는 것.

하지만 지금 이안의 손에 쥐어 있는 무식한 녀석은, 그로하여금 이렇게 극단적인 선택을 할 수 있도록 해 주었다.

그 결과가 지금 이안의 눈앞에 떠 있는 19,820이라는 어마어마한 대미지이고 말이다.

'흐흐, 컨트롤이 까다롭긴 하지만, 확실히 손맛 하나는 죽여주는군.'

물론 다른 옵션들을 포기한 만큼, 무조건적인 장점만 가진 세팅은 아니었다.

치명타 확률을 거의 다 포기했음은 물론이고, 원래의 세팅보다 방어 능력이 현저히 떨어지는 데다 스킬 공격력부터 시작해서 기동성까지 크게 손해를 보게 되었으니 말이다.

정령 마력과 소환 마력 등 스킬의 위력과 직접 연결되는 옵션들마저 다 포기해 버렸으니, 지금 이안의 세팅은 그야말로 한 방의 평타 공격에 모든 옵션을 '몰빵'한 것이라고 할 수 있었다.

'까딱 실수하면 골로 갈 수도 있겠지만, 스릴을 즐기는 것도 나쁘지 않지.'

마치 펀치 기계를 치고 점수를 감상하기라도 하듯 전설무기의 파괴력 감상을 마친 이안.

예상했던 것 이상의 성능을 두 눈으로 확인한 이안은 기분 좋은 표정으로 할리의 등에 올라탔다.

타탓-!

움직임이 이전과 달리 무척이나 무거워졌으니 이제 소환수 탑승 없는 전투는 생각할 수 없게 되어 버렸다.

할리나 핀, 까망이 등의 민첩성 높은 소환수를 탑승해야만, 어느 정도 원하는 수준의 움직임을 발휘할 수 있으니 말이다.

크허엉-!

이안을 태운 할리는 크게 포효하며, 전방을 향해 빠르게 뛰어나갔다.

첫 번째 골렘을 터뜨리며 무기의 성능을 여실히 확인하였으니 이젠 고지에 깃발을 꽂으러 갈 시간.

거점 깃발을 지키는 열 마리의 깃발 파수꾼을 처치하는 것이 이안의 다음 목표였다.

"할리, 이쪽으로!"

크르릉- 크헝-

거점 요새의 구조는 제법 복잡한 편이었지만, 이미 훤히

꿰뚫고 있는 이안의 앞길을 막을 수 있을 정도는 아니었다.

간간이 중립 몬스터에게 포위당하는 일이 발생하기는 했으나…….

퍼억-!

-'차원의 밀랍 전사'에게 강력한 피해를 입혔습니다!

-'차원의 밀랍 전사'의 생명력이 23,780만큼 감소합니다.

-'차원의 밀랍 전사'를 처치하는 데 성공하였습니다.

-처치 기여도 100퍼센트

-영웅 점수를 95만큼 획득합니다.

몽둥이찜질(?) 한 방이면 그대로 길이 열렸기 때문에 크게 문제되지는 않았다.

'좋아, 저 벽만 넘으면 바로 깃발 포인트겠지.'

덕분에 중립 지역의 요새 한복판까지 순식간에 진입해 들어온 이안.

"토르, 소환!"

그워어어-!

콰아앙-!

마지막으로 진입을 막고 있던 거대한 석벽까지 부숴 버린 이안은, 지체 없이 그 안쪽으로 뛰어들었다.

그리고 그와 동시에, 오랜만에 세리아에게서 되찾아온 '떡대'를 소환하였다.

"떡대, 어비스 홀!"

그륵- 그르륵-!

오랜만에 이안에게 소환된 것이 기쁜지, 거구를 들썩이며 뛰어나가는 떡대.

쿵- 쿵- 쿵-!

이어서 떡대의 손에서 발출된 어비스 홀이 깃발 위에 정확히 소환되었고, 깃발 주변을 지키던 파수꾼 열 마리는 그대로 심연의 회오리 속으로 빨려 들어갔다.

우우웅-!

그 위로 이안의 몽둥이찜질이 떨어져 내렸음은 당연한 순서라고 할 수 있었다.

콰앙- 콰쾅-!

-'차원의 깃발 파수꾼'에게 치명적인 피해를 입혔습니다!

-'차원의 깃발 파수꾼'의 생명력이 21,120만큼 감소합니다.

-'차원의 깃발 파수꾼'의 생명력이 24,275만큼 감소합니다.

……후략……

평타 세팅으로 인해 낮아진 광역 공격의 위력을 커버하기 위해, 이안이 생각해 낸 떡대의 어비스 홀.

물론 광역 스킬들만큼 넓은 범위를 공격할 수 있는 것은 아니었지만, 이 방법을 쓰면 적어도 어비스 홀에 빨려 들어온 개체들 정도는 일망타진이 가능했다.

좁은 위치에 모아놓은 뒤 휩쓸듯 검을 휘두르면 이렇게 몸집이 작은 몬스터들은 공격 범위 안에 거의 다 들어오니 말이다.

그리고 요새의 몬스터들 중 가장 생명력이 적은 깃발 파수꾼들이, 이안의 핵 몽둥이를 버텨 낼 리 만무하였다.

－'차원의 깃발 파수꾼'을 처치하는 데 성공하였습니다.

－'차원의 깃발 파수꾼'을 처치하는 데 성공하였습니다.

……중략……

－지금부터 10분 동안 '깃발 파수꾼의 가호' 버프가 적용됩니다. (획득 공헌도 : +30퍼센트)

－깃발 설치에 걸리는 시간이 10퍼센트만큼 감소하였습니다. (현재 소요 시간 : 25초)

－깃발 설치에 걸리는 시간이 10퍼센트만큼 감소하였습니다. (현재 소요 시간 : 0.01초)

정상적인 공략으로는 서너 마리를 선점하기도 쉽지 않은 깃발 파수꾼들을, 순식간에 열 마리 모두 처치해 버린 이안.

파수꾼 버프까지 챙긴 이안은 꽂혀 있던 중립 깃발을 뽑아 듦과 동시에 천군 진영의 깃발을 그대로 꽂아 버렸다.

척－!

그리고 열 마리의 깃발 파수꾼을 독식한 덕에 이안이 꽂아 넣은 깃발은 그 즉시 설치되었다.

지금까지의 용맹의 깃발 전장과 비교해 본다면 정말 말도 안 되는 수준으로 빠른 점령 타이밍이라 할 수 있었다.

띠링－!

-중립 지역 'H'의 깃발 포인트에, 천군 진영의 깃발을 꽂아 넣었습니다.

-중립 지역 'H'를 점령하는 데 성공하였습니다!

-특수한 조건으로 인해 공헌도를 획득할 수 없습니다.

……중략……

-거점 점령 기여도 : 100퍼센트

-한계를 초월한 기여도를 달성하였습니다.

-'전설적인 용사' 버프를 적용받습니다.

-지금부터 90분 동안, 적 진영의 병사에게 입히는 피해가 15퍼센트만큼 추가로 증가합니다.

-지금부터 90분 동안 입는 모든 피해가 5퍼센트만큼 감소합니다.

이안은 눈앞에 정신없이 떠오르는 메시지들을 보며 흥미로운 표정이 되었다.

생각지도 못했던 버프까지 받았으니 이것은 이안이 더욱 날뛸 수 있도록 날개를 달아 준 격이 된 것이다.

'얼쑤, 이거 아예 판까지 깔아 줘 버리네?'

이안의 시선이 시야 구석에 있는 작은 정보 창을 향했다.

그리고 그곳에는 전장이 끝나기까지 남은 시간이 떠올라 있었다.

-용맹의 깃발 전장 : 남은 시간 : 175분 29초

남은 시간은 대략 175분.

이안의 버프가 유지되는 시간은 90분.

하지만 이안은 버프의 시간이 부족한 것을 전혀 아쉬워하지 않았다.

전장에 주어진 시간이 다 지나지 않더라도, 스무 개의 거점을 전부 점령하면 게임은 종료되니 말이다.

그리고 이안은, 이 버프가 끝나기 전에 충분히 '콜드 게임'을 만들어 낼 자신이 있었다.

"이제 슬슬 마족 놈들을 괴롭혀 주러 움직여 볼까?"

펄럭이는 천군 진영의 깃발을 뒤로한 채 어디론가 부지런히 움직이기 시작하는 이안.

그리고 그 순간 이안의 눈앞에 한 줄의 메시지가 추가로 떠올랐다.

-'천군' 진영이 첫 번째 거점을 점령하였습니다.

-현재 스코어 - 천군 1 : 마군 0

이것은 이안뿐 아니라, 이 전장 안에 들어와 있는 모든 이들의 눈앞에 떠오른 '월드 메시지'였다.

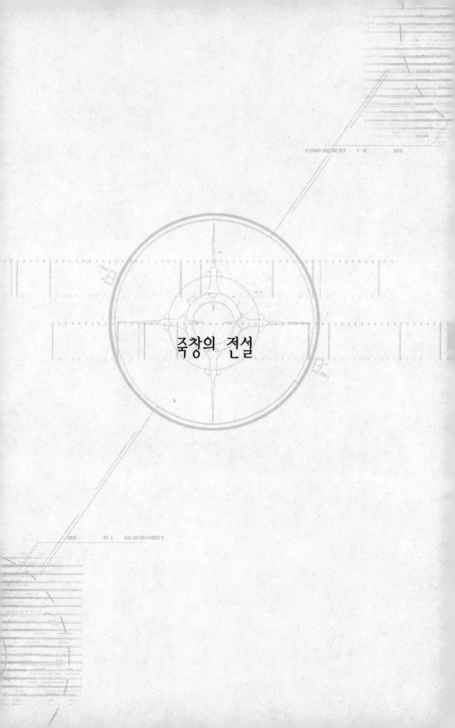

죽창의 전설

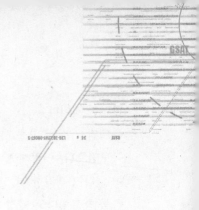

'용맹의 깃발' 전장을 이끌고 있는, 마군 진영의 장수 '켈타'.

그는 지금, 무척이나 당황한 상태였다.

생각지도 못했던 타이밍에, 천군 진영에 선수를 빼앗겼기 때문이었다.

이제 막 전투가 시작되는 타이밍에 중립 거점 하나를 선점당했으니, 전장을 이끄는 장수로서 충격을 받을 수밖에 없는 것이다.

'야비한 천군 놈들……! 편법을 쓴 게 분명해.'

켈타는 천군 진영에서, 전술을 바꾼 것이라고 판단했다.

원래대로라면 메인 거점을 먼저 하나씩 점령하는 게 정석이지만, 북쪽이나 남쪽의 서브 거점을 먼저 공략한 것이라고 판단한 것이다.

메인 거점에 비해 서브 거점의 중립 몬스터가 훨씬 더 소규모였으니, 이렇게 빨리 거점을 점령했다면 그것밖에는 답이 없다고 생각한 것.

물론 그렇다고 가정해도 너무 빠른 시점의 거점 점령이기는 했지만 말이다.

'아예 주력 병력을 전부 다 이끌고 서브 거점을 점령한 걸까? 그렇게 하기엔 리스크가 너무 컸을 텐데.'

공략이 단순한 편인 첫 번째 메인 거점을 공격하는 와중에도, 켈타의 머릿속은 적잖이 복잡해졌다.

전장이 열리자마자 생각지도 못했던 상황이 발생하였으니 어떻게 해야 할지 갈피를 잡기가 힘든 것이다.

'일단 정찰대라도 보내서 어떻게 된 일인지 확인해야겠어. 놈들이 어딜 먹었는지 확인이라도 해야, 이쪽도 전략을 세울 수 있을 테니까.'

생각을 정리한 켈타는, 그의 친위대 중 두 명을 불러 명령했다.

"카르고, 마르칸."

"예, 장군님!"

"하명하십시오!"

"너희 둘에게 각각 한 개 소대를 맡기겠다. 마르칸은 북쪽으로, 카르고는 남쪽으로 움직이도록."

"명을 받듭니다!"

"그리 하겠습니다, 장군!"

두 부하의 힘찬 대답에 흡족한 표정이 된 켈타는 고개를 끄덕이며 다시 말을 이었다.

"거점을 공격할 필요는 없다. 어디까지나 너희들의 임무는 정찰."

"옙!"

"천군 진영에서 점령한 거점이 어느 지점인지를 알아내야 한다."

"존명⋯⋯!"

카일란의 콘텐츠는 다양하다.

그리고 그 다양한 콘텐츠들은 그에 걸맞게 정말 많은 볼거리들을 제공한다.

각종 퀘스트들부터 시작해서 PVP, 길드전, 나아가 생산 클래스들의 제작 방송까지.

하지만 그중에서도 수많은 카일란의 팬들이 항상 목말라하는 콘텐츠가 하나 있었다.

그것은 바로, 최상위권의 랭커들이 진행하고 있는 신규 콘텐츠들.

사람들이 그것에 목마른 이유는 간단했다.

수요에 비해 공급이 부족하기 때문이다.

대부분의 랭커들은 자신이 진행 중인 퀘스트들을 공개하고 싶지 않아 했고, 때문에 방송에 공개되는 내용은 한정적인 것이다.

그리고 그런 의미에서 용사의 마을 '요일 전장'은 이러한 팬들의 니즈를 아주 잘 충족시켜 주는 콘텐츠라 할 수 있었다.

매주 수, 금, 일요일에 진행되는 이 요일 전장은 그 안에서 벌어지는 모든 일들이 시청자들에게 낱낱이 공개된다.

애초에 공개할 때부터 LB사에서 '방송'을 전제로 개발한 콘텐츠라고 공표하였으니, 요일 전장에 참여하는 모든 유저들은 참여하는 순간 자신이 방송에 등장할 수 있음을 동의하는 것이 되는 것이다.

때문에 게임 방송 관계자들을 비롯한 수많은 팬들이 이 요일 전장에 열광할 수밖에 없었다.

그리고 그 인기를 방증하기라도 하듯 오늘, 명실공이 한국최고의 랭커 이안이 등장하는 금요일의 전장은 수백만에 육박하는 한국 유저들이 라이브 방송을 시청하는 중이었다.

-이, 이게 무슨 일인가요, 여러분! 이안이 오늘, 수많은 팬 여러분들을 위해 희생이라도 하려는 건가요?

-하인스 님, 희생이라뇨. 그게 무슨 말씀이시죠?

-지금 이안이 대열을 이탈해서 아예 솔로 윙을 하려고 하고 있지 않

습니까?

　-그렇죠.

　-저러면 공헌도는 하나도 먹을 수가 없어요.

　-아, 그러고 보니……!

　-이안은 혼자 무슨 일을 벌이려는 것일까요?

　방송이 시작되자마자 돌발행동을 벌이기 시작하는 이안 때문에, 처음부터 시청자들의 분위기는 끓어오르기 시작했다.

　-캬, 이래서 이안갓이지. 영상이란 영상을 다 찾아봐도, 무슨 짓을 할지 예측이 안 된단 말이야.

　-님들, 이안은 아예 공헌도를 포기한 걸까요? 아까 보니까 랭킹 목록에서도 사라졌더라고요.

　-헐, 엊그제 내가 확인했을 때만 해도 이안갓이 랭킹 2위였는데 갑자기 랭킹에서 사라지다니요?

　-아마 퀘스트 진행 중에 뭔가 실수를 해서, 공헌도를 다 날려먹은 거 아닐까요? 그래서 아예 공헌도 자체를 포기하고, 요일 전장에 들어와서 저렇게 깽판치고 있는 거고요.

　-헉. 우리 이안느님이 세계 랭킹 1위 하셔야되는데……. 윗님 말이 정말이면 좀 슬퍼질 거 같은데요.

　-하아, 윗분들, 신앙심이 부족하시네. 우리 이안갓에 대한 믿음이 이렇게 부족해서야.

　-……?

-우린 그냥 갓께서 내려 주시는 은총에 믿음으로 보답해 드리면 되는 겁니다.

-이렐루야…….

-그냥 믿으세요. 그리고 이제 이안갓께서 뭘 또 보여 주시려는 건지 경건한 마음으로 지켜보십시오.

-크으, 역시……! 제 믿음이 부족했군요.

그리고 대열을 이탈한 이안이 중립 거점 몬스터들의 뚝배기를 부수기 시작했을 때, 라이브로 시청하고 있던 팬들은 말 그대로 폭주하기 시작하였다.

너무 당연한 이야기겠지만, 이안의 검에서 터져 나오는 파괴력에 열광한 것이다.

특히 거점의 차원 골렘을 부숴 버렸을 땐 시청률이 천정을 뚫고 올라갔을 정도였다.

-지금 내가 뭘 잘못 본 거 같은데……. 방금 칼질 세 방에 골렘 터진 거, 실화인가요?

-미……친. 저거 대체 무슨 칼임? 이안, 어디서 엑스칼리버라도 뽑아 온 각임?

-님들, 어딜 봐서 저게 검인가요. 저건 그냥 몽둥이 같은데.

-키야……! 몽둥이건 검이건, 나는 지려 버렸다!

-혹시 이안 공헌도 랭킹에서 사라진 게 공헌도 팔아서 저 검 뽑아 온

건 아닐까요?

　-오, 그럴싸하다!

　-공헌도 몇만 썼다고 가정해도, 저런 핵 몽둥이 정도면 바꿀 만한 거 같은데요.

　-ㅇㅈ합니다.

　-맞음. 저런 검 하나 들면, 공헌도 몇만쯤은 내가 해도 순식간에 모을 수 있겠다.

　-그건 아닌 듯.

　수많은 팬들의 기대에 걸맞게, 아니, 그 기대를 훨씬 뛰어넘는 활약을 처음부터 보여 주는 이안.

　때문에 YTBC의 방송은 자연스레 이안의 개인 방송이 되다시피 하였다.

　잠깐이라도 천군이나 마군 진영으로 화면을 돌린다 싶으면, 순식간에 수십, 수백 개의 항의 글이 올라왔으니 말이다.

　-아, 옵져버, 지금 뭐 하는 겁니까?

　-아 놔. 지금 이안갓 틀어 줘야지 어딜 트는 거임?

　-지금 거기 보게 생겼음? 이안이 거점 점령하기 직전인데?

　-여기 노잼들은 아직 싸움도 시작 안 했구먼!

　수많은 팬들의 시선이 모인 가운데, 시간이 지날수록 이안의 행보는 더욱 파격적으로 이어져 갔다.

그리고 시청자들은 한 마음으로 이안이 마군 진영과 만나기를 기대하고 있었다.

과연 이안의 몽둥이찜질이 마군 진영의 랭커 유저들을 상대로는 어떤 위력을 보여 줄지가 너무 궁금했으니 말이다.

호왕 길드의 리더이자, 마족이 되기 전, 스플렌더 길드의 길드 마스터였던 한국 서버의 랭커 마틴.

지난 주 용사의 마을에 처음 입성한 그는, 오늘이 두 번째 깃발 전장 참전이었다.

'후, 침착하자, 침착해.'

지난 금요일 깃발 전장에 참여했을 당시, 마틴의 계급은 '신병'에 불과했다.

때문에 지난주에 전장에서 그가 한 일이라고는, 적 진영의 랭커를 만나면 열심히 도망 다니다가 사망하는 일뿐이었다.

전장이 지속되는 내내, 1킬 12데스라는 치욕적인 성적을 기록했으니 말이다.

유일한 한 개의 킬 포인트조차 어부지리로 운 좋게 획득한 것이었으니.

얼마나 처참한 전투였었는지 충분히 짐작할 수 있었다.

'지난주엔 적응이 덜 돼서 부진했지만……. 오늘은 다를 거라고.'

해서 마틴은 이번 깃발 전장에 참여하기 전에 정말 단단히 준비하였다.

상위권 성적을 올렸던 랭커들의 움직임과 전략들을 분석해 보며 나름대로 치밀한 계획을 세운 것이다.

하지만 그의 완벽한(?) 계획은 시작부터 조금씩 엇나가기 시작하였다.

전장 초반부터 천군 진영에 느닷없이 점령 포인트가 올라가더니…….

—'천군' 진영이 첫 번째 거점을 점령하였습니다.

—현재 스코어 — 천군 1 : 마군 0

"뭐야, 왜 이래?"

마군 십인장 중 하나가 그를 정찰대로 차출해 버린 것이다.

"예? 정찰대에 합류하라고요?"

"그렇다. 너, 너. 그리고 너. 이렇게 셋은 나를 따르도록."

지난 전투에서는 이런 경우가 단 한 번도 없었으니, 마틴의 계획에도 들어가 있지 않았던 것.

'이, 이러면 곤란해지는데…….'

그렇다고 십인장의 명령을 거부할 수도 없는 노릇이었다.

그가 마틴을 지목한 이상 그의 대열은 정찰대에 속하게 되었고, 만약 대열을 이탈한다면 공헌도는 얻지 못하게 되는 것이니 말이다.

그나마 그의 불안한 마음을 진정시켜 주는 것은 '정찰'이라는 임무 자체의 난이도가 어려워 보이지 않는다는 점과 이 돌발 임무를 성공했을 시 얻게 되는 제법 괜찮은 공헌도 버프.

-'카르고의 정찰대'에 합류하였습니다.

-정찰 임무를 성공적으로 완수할 시 20분 동안 '뛰어난 활약' 버프를 얻게 됩니다.

-'뛰어난 활약' 버프가 지속되는 동안, 획득 공헌도를 30퍼센트만큼 추가로 획득합니다.

'그래, 계산이 조금 어긋나기는 했지만, 버프를 잘 활용하면 오히려 더 나은 성적을 거둘 수 있을 거야.'

가까스로 마음의 평정을 찾은 마틴은 자신과 함께 차출된 정찰대의 면면을 둘러보았다.

정찰대에 차출된 다른 유저들 또한 마틴과 크게 다르지 않은 모습이었다.

"홀리 쉿. 난 점령전에 참가하고 싶다고."

"정찰이나 하려고 깃발 전장에 참전한 게 아닌데……."

"젠장. 빨리 임무 완수하고 본대로 돌아가야겠어."

제각기 불만을 표출하며, 못마땅한 표정으로 '카르고'의 뒤를 따르는 유저들.

마틴을 포함한 열 명의 유저들은 신속히 본대를 벗어나서 남쪽으로 향하기 시작하였다.

남쪽에 있는 다섯 개의 서브 거점 중 천군 진영에 넘어간 거점이 있는지 확인하는 게 그들의 임무였다.

'말도 안 되기는 거긴 하지만, 남동쪽 첫 번째 서브 거점에 천군 진영의 깃발이 꽂혀 있었으면 더 바랄 게 없겠는데……'

조금이라도 이 정찰 임무가 빨리 끝나길 바라는 마틴은 가장 가까운 거점에 천군의 깃발이 휘날리고 있기를 바랐다.

만약 남쪽 서브 거점 다섯 개 중에 천군 진영이 점령한 거점이 하나도 없다면, 모든 거점을 다 돌아보고 와야 임무가 완수될 테니 말이다.

그리고 그들 정찰대가 출발한지 5분 정도가 지났을까?

정말 놀랍게도 마틴의 소원(?)이 그대로 이루어졌다.

"소대장님, 저기 천군 진영의 깃발입니다!"

"H거점이 천군 진영에 점령당한 것 같습니다!"

마군 진영과 가장 가까운 남쪽의 서브 거점인 'H'거점에 천군 진영의 깃발이 펄럭이고 있었던 것이다.

그것을 확인한 마군 유저들은 두 눈을 의심할 수밖에 없었고, 그것은 소원을 빌었던 마틴 또한 마찬가지였다.

'어, 어떻게 이런 일이……!'

말도 안 되게 짧은 시간에 점령된 천군 진영의 첫 번째 거점이 남쪽의 서브 거점 중 마군 진영과 가장 가까운 위치라는 사실이 믿어지지 않았던 것.

그런데 놀람이 가시고 나자 마틴은 뭔가 이상한 점을 발견할 수 있었다.

'잠깐, 거점에 방어 타워가 하나도 안 보이잖아?'

분명히 천군 진영의 깃발이 펄럭이고 있음에도 불구하고, 거점의 요새에는 단 하나의 방어 타워도 설치되어 있지 않았던 것이다.

심지어 방어 타워만 없는 것이 아니라 거점 자체가 쥐 죽은 듯이 조용해 보였던 것.

'이거 혹시…… 빈집……?'

여기까지 생각이 미친 마틴은 머리를 빠르게 굴리기 시작하였다.

'천군 놈들, 여길 먹은 다음에 허겁지겁 본대로 복귀한 게 분명해. 기습적으로 서브 거점을 먼저 먹기는 했어도, 결국 메인 거점에서 밀릴까 봐 불안했던 거겠지.'

마틴은 자신이 생각한 가설을 정찰대장 카르고에게 이야기하였다.

그리고 카르고를 비롯한 마군 병사들은 허점투성이인 마틴의 가설에 넘어갔다.

'비어 있을지도 모르는 거점'이라는 떡밥이 그 허점들을 충분히 가리고도 남을 만큼 먹음직스러웠기 때문이다.

"좋아, 그럼 우리는 저 거점에 깃발을 꽂고 나서 복귀한다. 함정이 있을지도 모르니, 최대한 조심스럽게 움직이도록!"

카르고의 명령이 떨어지자, 정찰대는 신속하게 거점에 접근하기 시작하였다.

마틴이 말한 대로 정말 '빈집털이'가 가능한 것이라면, 막대한 공헌도를 그대로 주워 담을 수 있을 터.

중립 지역에 깃발을 꽂는 것보다 적진에 깃발을 꽂는 것이 훨씬 더 많은 공헌도를 주기 때문에, 유저들의 표정에는 탐욕이 들어차기 시작하였다.

아마 대열을 유지해야 한다는 깃발 전장의 룰이 아니었다면, 이미 앞 다투어 거점 깊숙이 뛰어 들어갔을 터.

마틴은 싱글벙글 웃으며 카르고의 뒤를 바짝 따라붙어 요새 안쪽으로 걸음을 옮겼다.

대열의 가장 앞자리가 마틴이었으니 깃발 공헌도를 먹을 확률이 가장 많은 것도 바로 자신이라고 생각했다.

'흐흐, 이게 웬 떡이냐!'

하지만 잠시 후.

모든 정찰대원이 거점의 요새 안쪽으로 진입했을 때…….

드르륵- 쿵-!

커다란 굉음과 함께, 열려 있던 요새의 석문이 그대로 닫혀 버렸다.

"……!"

그리고 당황한 유저들의 귓전으로 누군가의 음침한(?) 목소리가 들려오기 시작했다.

"친구들, 혹시 죽창 메타라고…… 들어는 봤나?"

"그게 무슨……?"

"너도 한 방, 너도 또 한 방."

"……?"

"죽창 앞엔 만인이 평등하지."

"그거 뭔가 이상한데……?"

"아, 물론, 난 빼고 평등하단 말이야."

고오오오-!

어둠 속에서 흘러나오는, 실체 없는 의문의 목소리.

'죽창 메타(?)'라는 이상한 이야기를 꺼내는 괴인의 목소리에, 정찰대는 어리둥절한 표정이 되었다.

단 한 사람.

마틴을 제외하고 말이다.

'미, 미친. 이거, 이안 목소리잖아?'

요새 안에 갇힌 다른 랭커들과 달리 마틴은 이안을 아주 잘 안다.

같은 한국 서버의 유저이기에 앞서 그는 이안과 제법 오랜 기간 싸워 왔기 때문이었다.

마족으로 종족 변경을 하기 전부터 시작하여 현재까지, 그가 속한 길드는 항상 로터스와 대립하는 길드였으니 말이다.

때문에 사실상 이안의 목소리는 그에게 악몽과도 같았다.

'아, 젠장, 엿 됐다.'

마틴이 아는 이안은 강력하다.

물론 랭커 열 명이서 상대하지 못할 정도라고는 생각지 않지만, 문제는 상황이었다.

이안은 절대로 지는 싸움을 걸어오지 않는 인물이었고, 지금 그들은 이안이 깔아 놓은 판 안에 들어와 있었으니, 이는 무척이나 암울한 상황이라 할 수 있는 것이다.

"방어력이 백이건 오백이건 천이건 상관없지."

"……?"

"죽창 앞에선 모두 공평하게 한 방이니 말이야."

"그게 무슨……."

이어지는 이안의 죽창 예찬론 속에 랭커 중 하나가 어이없다는 듯 대꾸했다.

지금 이 안에 있는 열 명의 랭커들 중 마틴을 제외한 다른 랭커들은 이안의 목소리를 전혀 두려워하지 않고 있었다.

처음에야 급작스레 문이 닫혀 당황했지만, 이제는 시야 한쪽 구석에 떠 있는 요새의 상황판을 확인할 수 있기 때문이었다.

거점 H	
소속 진영 : 천군	요새 등급 : D-
방어 타워 : 0	방어 병력 : 1

상황판에 떡하니 떠올라 있는, 방어 타워의 숫자와 방어병

력의 숫자.

때문에 마군 진영의 랭커들은 여유롭기 그지없는 표정으로 이안을 찾아 두리번거릴 수 있었다.

"어디 있나, 친구. 겁쟁이같이 숨어 있지 말고 얼른 나와 보라고. 그 죽창이라는 거, 어디 한번 구경 좀 시켜 달란 말이지."

랭커 중 하나가 이죽거리며 어둠 속을 향해 소리친다.

지금 랭커들이 자리를 지키고 있는 것은 대열을 지켜야 하기 때문.

그것이 아니었다면 이미 이안을 찾기 위해 요새 안쪽으로 흩어졌으리라.

"후후, 죽창이 무섭지 않다면, 날 한번 찾아보는 것도 괜찮겠지."

계속되는 이안의 이죽거림에, 랭커들의 인내심이 드디어 한계에 도달했다.

"대장, 얼른 명령을 내려 주십쇼."

"이럴 시간이 없습니다, 대장. 얼른 놈을 찾아 처치하고 깃발을 꽂아야 합니다."

그리고 대원들의 이야기에, 대장 카르고는 고개를 끄덕였다.

뭔가 함정 비슷한 냄새가 나기는 했으나 결국 적은 한명이었으니 정찰대장인 그의 입장에서도 더 이상 시간을 끌 이유가 없어진 것이다.

"정찰대원들은 전부 요새 안쪽으로 이동하도록. 일부는 녀석을 찾고, 일부는 깃발 포인트로 이동한다."

그리고 그 말이 떨어지자마자 랭커들은 기다렸다는 듯 요새 안쪽으로 뛰어들기 시작하였다.

명령이 떨어진 순간 이 요새 안에서만큼은 대열이 프리해 졌고, 다들 깃발을 꼽을 생각으로 머릿속이 가득 차 버린 것이다.

마틴을 제외한 모든 랭커들의 생각은 모두 동일했다.

'어차피 적은 정신병자 같은 놈 하나뿐이야. 깃발 꽂다가 놈이 나타나면, 그때 처치하면 그만이지.'

'만약 습격당한다고 해도 우린 열이고 놈은 하나야. 저놈 말처럼 한 방에 죽을 것도 아니고, 그때 가서 대응하면 돼.'

그리고 모두가 깃발 포인트로 움직이는 것을 보면서도, 카르고 또한 그들을 말리지 않았다.

깃발을 꽂기 시작하면 숨어 있던 녀석이 나타날 수밖에 없을 테니, 놈을 찾아 헤매는 것보다 나타났을 때 처치하는 것이 오히려 더 효율적이라 판단한 것이다.

'후후, 어리석은 녀석. 시간을 끌려고 이런 짓을 벌인 것 같은데, 아쉽게도 그 장단에 놀아나 줄 생각이 없구나.'

심리 싸움에서 이겼다고 생각했는지, 만족스러운 표정으로 대원들의 뒤를 따르는 카르고.

하지만 그 흡족한 표정이 까맣게 타 버리는 데까지는, 그리 오랜 시간이 필요하지 않았다.

우우웅- 푸욱-!

어둠 속에서 갑자기 나타난 의문의 검이, 그의 등짝에 틀어박혔기 때문이었다.

-천군 진영의 용사 '이안'으로부터 강력한 피해를 입었습니다!

-생명력이 24,974만큼 감소합니다!

-생명력이 모두 소진되었습니다.

-앞으로 5분 동안 전장에서 이탈합니다.

마군 진영의 정찰대장 카르고는 그렇게 아무 소리조차 내보지 못한 채 전장에서 아웃되어 버리고 말았다.

"크, 너도 한 방. 너도 또 한 방!"

"……팀장님, 지금 감탄하실 때예요?"

"감탄해야 할 때가 따로 있는 건 아니잖아, 김 주임."

"…….."

"저 대사, 너무 멋지지 않아?"

"별로요."

"너도 한 방, 너도 또 한 방! 모두에게 공평한 이안의 죽창!"

"후우……. 우리 팀장님께서 드디어 실성하신 게 분명해."

모니터링실에서 이안의 개인 영상을 지켜보던 기획 3팀의 나 팀장과 김 주임.

그들은 사실 콘텐츠 파괴자 이안에 대한 대책(?)을 마련하기 위해 모니터링실에 내려와 있었던 것이지만, 어느새 이안의 활약을 관전하는 관전 모드가 되어 있었다.

처음엔 한숨만 푹푹 쉬던 김 주임도, 결국 나지찬에 동화되어 버린 것이다.

"와, 방금 어떻게 된 거죠, 팀장님?"

"어떻게 되긴 어떻게 돼. 라이가 어둠 잠식 발동시켜서 순식간에 마군 녀석의 뒤로 접근한 다음, 이안이 공간 왜곡 써서 위치 바꿔 버린 거지."

"아……."

"놀라운 건, 위치를 바꾸기 전에 이미 평타 캐스팅이 시작되고 있었단 거야."

"헐, 그게 가능해요?"

"나도 몰랐는데, 지금 보니까 가능하네."

"……."

"저렇게 당하면 진짜, 왜 죽었는지도 모르겠어."

"크, 역시 이안 갓!"

무려 용사 계급의 마군 NPC를 한 방에 보내 버리는 이안을 보며, 감탄사를 연발하는 두 사람.

특히 나지찬은 아예 기획자의 본분을 잊기라도 한 듯, 순수하게 이안의 플레이에 감탄하고 있었다.

하지만 이러한 상황이 된 이유가 정말 나지찬이 기획자의 본분을 잊었기 때문은 아니었다.

오히려 나지찬의 표정이 편안한 것은, 그 반대의 이유에서였다.

'캬, 이 시점에 벌써 용사의 마을 졸업 각이 보이다니. 역시 이안은 이안이야.'

분명히 이안은 용사의 마을 밸런스를 마구잡이로 파괴하는 중이었다.

현 시점에서 나지찬이 보기에, 이안의 전투력은 다른 랭커들의 두세 배는 되는 듯했으니 말이다.

하지만 다행인 것은 지금 이곳이 '용사의 마을'이라는 부분이었다.

'차라리 잘됐어. 괴물 같은 이안만 빨리 졸업시켜 버리면, 용사의 협곡 밸런스는 다시 맞출 수 있을 것 같으니까.'

용사의 마을에서의 강력함은, 결국 용사의 마을 안에서 한정된다.

물론 용사의 마을에서 거둔 성적이 졸업 이후까지 영향을 주기는 하지만, 그게 지금처럼 밸런스가 붕괴될 정도는 아니라는 것이다.

용사의 마을에서 얻은 아이템들은 결국 협곡 바깥으로 가지고 나갈 수 없으니, 이안이 들고 있는 저 죽창(?)이 아무리 강력하다 한들 소용없는 것.

물론 이안에게 용사의 마을 아이템을 가지고 나갈 수 있게 해 주는 '빛나는 차원의 마력석'이라는 아이템이 있기는 했지만, 그것을 사용하더라도 전설의 무기는 가지고 나갈 수 없다.

아니, 조금 더 정확히 말하자면, 그것을 저 핵몽둥이에 사용할 기회는 없을 것이었다.

애초에 '전설의 무기'라는 콘셉트가 차원의 거인을 처치하기 위해 존재하는 아이템이었고, 차원의 거인을 처치하고 나면 스토리상 천군의 진영에 '귀속'될 예정이었으니까.

'뭐, 천룡군장 세트 정도는 들고 나가겠지만⋯⋯. 그건 적어도 밸붕 템 수준은 아니니까.'

앞으로 이어질 시나리오를 머릿속으로 그리던 나지찬은 자신도 모르게 안도의 한숨을 내뱉었다.

만약 이안이 저 핵몽둥이를 용사의 마을 밖으로 들고 나간다고 생각하면, 그것보다 아찔한 경우의 수는 없었으니 말이다.

'자, 이안, 더욱 신나게 날뛰어 줘. 네가 1초라도 빨리 용사의 마을에서 나갔으면 좋겠으니까 말이야.'

나지찬은 정말 진심으로, 이안신을 향해 기도했다.

선량한 용사들을 괴롭히는(?) 외래종이, 어서 빨리 아름다운 협곡을 나갔으면 하는 바람으로 말이다.

사람은 누구나 '이성'을 가지고 있지만, 일반적으로 그것
은 감정에 지배당하는 경우가 많다.

　지금 H 거점에 들어온 마군 랭커들 또한 마찬가지였다.

　이성은 분명 아니라고 하고 있었지만, 그들은 전부 깃발
거점에 모여 있었다.

　정찰대장인 카르고가 갑작스레 '의문사'했음에도 불구하
고, 옹기종기 깃발에 모여 깃발 설치 작업에 한창인 것이다.

　심지어 '깃발 파수꾼' 버프가 있는 것도 아니었으니 설치하
는 데 거의 5분에 가까운 시간이 걸리건만, 한두 명도 아니
고 열 명 모두가 마치 경쟁이라도 하듯 깃발을 설치 중인 것
이다.

　'침착하자, 마틴. 공헌도가 무려 1천이 넘어. 분명 이안이
습격해 오겠지만, 나만 아니면 돼.'

　정예병 기준 중립 지역 깃발 설치의 공헌도가 360이었고,
적 진영 깃발 설치는 그 세 배인 1,080의 공헌도를 준다.

　그리고 1천이라는 공헌도는, 깃발 전장에서 어지간히 활
약해도 얻기 힘든 수준의 공헌도인 것.

　중립 지역이야 유저가 깃발을 꽂는 경우도 제법 있었지만,
적진에 깃발을 꽂는 것은 보통 양 진영의 장군이었으니, 분
명 정찰대에게는 신이 내린 기회가 온 것이었다.

때문에 이안을 여러 번 경험한 마틴조차도 뭐에 홀리기라
도 한 듯 깃발을 꺼내 들 수밖에 없었다.

우우웅-!

-천군 진영의 거점, H거점의 깃발 포인트에 깃발을 설치합니다.

-현재 진척도 : 27.35퍼센트

-깃발을 설치하는 동안, 자리에서 움직일 수 없습니다. (자리에서 움직
일 시 깃발 설치가 중지되며, 진척도가 10퍼센트만큼 감소합니다.)

-현재 진척도 : 27.95퍼센트

-현재 진척도 : 28.22퍼센트

……후략……

조금씩 조금씩 올라가는 진척도를 보며, 마틴은 기도했다.

'오, 제발……! 죽어도 좋으니까, 공헌도는 먹고 죽게 해주
옵소서!'

만약 이안에게 죽어서 5분간 아웃된다 하더라도 1천이라
는 어마어마한 공헌도만 획득할 수 있다면, 마틴은 정말 여
한이 없을 것 같았다.

그리고 진척도가 절반을 뚫고 60퍼센트를 넘기 시작할 때
까지 이안이 나타나지 않자, 마틴의 머릿속을 가득 채운 행
복회로는 더욱 맹렬히 회전하기 시작했다.

-현재 진척도 : 59.25퍼센트

-현재 진척도 : 64.77퍼센트

……후략……

'조금만 더. 조금만 더……!'

아직까지 이안이 나타나지 않는 이유는 알 수 없었지만, 그런 것은 아무 상관없었다.

지금 마틴에게 필요한 것은 오로지 깃발 공헌도뿐!

심지어 마틴은, 이안이 나타나서 다른 경쟁자(?)들을 처단해 줬으면 하는 바람도 있었다.

'그래, 이안갓이랑은 나름 미운정도 쌓였고, 그래도 한국 유저인 나를 가장 나중에 공격하지 않을까?'

행복회로를 넘어 판타지 소설을 쓰기 시작하는 마틴의 뛰어난 상상력!

그리고 마틴의 진척도가 70퍼센트를 넘을 즈음, 드디어 깃발 포인트에 비명(?)이 울려 퍼지기 시작했다.

"크허억!"

―정찰대원, '필립스' 유저가 사망하였습니다!

"허윽!"

―정찰대원, '리하윈' 유저가 사망하였습니다!

"끄으윽……."

―정찰대원, '바스' 유저가…….

죽창(?)에 당한 동료들이 하나둘 사망하기 시작했지만, 마틴은 단 한 차례도 깃발에서 손을 떼지 않았다.

이제 와서 손을 떼기엔, 너무 먼 길을 와 버렸으니 말이었다.

'딱 30초! 30초만 있으면……!'

깃발에서 손을 떼는 순간 90퍼센트에 가까워 가는 진척도
가 10퍼센트 차감될 터.

게다가 이안을 상대로 이길 자신도 없었으니, 뒤돌아볼 이
유가 없는 것이다.

'그래. 이안이랑 협상을 하는 거야. 깃발이 설치되고 나서
날 죽이면. 녀석이 바로 깃발을 설치해서 공헌도를 한 번 더
먹을 수 있을 테니. 거부할 이유가 없겠지.'

나름대로 잔머리까지 굴려 완벽한 계획을 짠 마틴은 이안
의 눈치를 보며 계속해서 깃발을 설치하였다.

그리고 이안의 검이 그를 향하기 직전.

마틴은 깃발에서 손을 떼고 이안과의 협상을 시작하였다.

어차피 남아 있는 경쟁자도 없었으니 10퍼센트의 진척도
가 떨어진다 해서 문제될 것도 없었다.

"자, 잠깐. 이안. 검 좀 내려놓고 내 말을 들어 보라고."

그리고 마틴의 얼굴을 확인한 이안은 흥미로운 표정이 되
었다.

그 또한 마틴은 잘 알고 있었기 때문이었다.

"오호, 이게 누구신가. 호왕 길드의 마틴 님 아니신가."

이어서 마틴은 이안에게 생각해 두었던 딜을 시작하였다.

이안으로서는 거부할 이유가 전혀 없다고 생각했으니 말
이다.

"……그러니까 이렇게 하면, 우리 다 같이 윈윈이잖아, 안 그래?"

"흐음."

"아니지. 결국 가장 이득 보는 건 너 아니겠어? 킬 포인트는 킬 포인트대로 올리고, 공헌도는 공헌도대로 가져가고."

말을 마친 마틴은, 이안이 넘어왔다고 확신하였다.

자신이 여기서 그냥 죽는다면 이안은 깃발 공헌도를 가져갈 기회가 없을 테니.

분명 깃발을 다 설치할 때까지 기다려 줄 것이라고 말이다.

하지만 마틴이 생각하지 못한, 하나의 변수가 있었다.

"그럴싸한 딜이었다, 마틴."

"……?"

"하지만 아쉽게도…… 협상은 결렬이야."

말을 마친 이안은 그대로 마틴을 향해 달려들었다.

그리고 전혀 생각지도 못했던 이안의 행동에 마틴은 반응조차 해 보지 못한 채 죽창에 몸을 내어 주고 말았다.

"커헉……!"

-천군 진영의 용사 '이안'으로부터 강력한 피해를 입었습니다!

-생명력이 25,435만큼 감소합니다!

-생명력이 모두 소진되었습니다.

-앞으로 5분 동안, 전장에서 이탈합니다.

믿을 수 없다는 표정으로, 눈을 부릅뜬 채 까맣게 변해 가는 마틴의 얼굴.

그런 그를 향해 이안이 나지막한 목소리로 중얼거리듯 한 마디를 던졌다.

"난, 공헌도에 별로 관심이 없거든."

순식간에 마군 진영 유저 열 명을 처치해 버린 이안.

이것은 이안의 전투력이 뛰어났기에 가능한 일이기도 했지만, 완벽한 설계의 결과물에 더 가까웠다.

'흐흐, 역시 인간의 욕심은 끝이 없고, 같은 실수를 반복하지.'

방금 이안의 손에 처치당한 열 명의 랭커들과 마찬가지로 이안 또한 공헌도 1~2백에 목숨을 걸던 시절이 있었다.

당장 지난주만 하더라도 이안에게 1천이라는 공헌도는 어마어마한 수준이 아니었던가.

때문에 이안은 이 깃발이라는 것이 얼마나 강력한 미끼인지 잘 알고 있었다.

'바로 들어가지 않고 기다렸던 건 정말 신의 한 수였어.'

정찰대장 카르고를 처치한 이안은, 깃발 포인트 근처에 숨어서 때를 기다렸었다.

깃발을 설치하는 마군 유저들의 진척도가 절반 이상으로

올라갈 때까지 일부러 기다려 준 것이다.

그렇게 하면 그들은 깃발 설치를 쉽게 그만둘 수 없을 것이고, 이안의 공격에 갈팡질팡할 수밖에 없을 테니 그 완벽한 타이밍을 노린 것이다.

"하지만 예상했던 것보다 더한 욕심쟁이들이었어. 옆에서 동료가 죽어나가는 데도 깃발을 놓지 않을 줄은 몰랐지."

이안은 고개를 절레절레 저으며 깃발 포인트 주변에 쓰러져 있는 마군 유저들을 한 번씩 응시하였다.

그리고는 검병을 쥔 손을 쥐락펴락하며 살짝 미간을 찌푸렸다.

모든 상황이 완벽했지만, 마음에 들지 않는 것이 하나 있었기 때문이다.

"이대로면 너무 이지한데……."

애당초 이안이 이 전장에 들어온 이유는 새로운 전투 방식에 더 익숙해지기 위해서였다.

쉽게 말해 용사의 의식에 도전하기 전 '연습'하기 위해 전장에 참가한 것인데, 이대로는 연습이 되질 않았기 때문이었다.

'어쩔 수 없지. 조금 위험해도, 좀 더 과감히 움직여야겠어.'

원래 이안은, 아예 이 H 거점에 자리를 잡고 계속 마군 유저들을 상대할 생각이었다.

깃발 포인트라는 강력한 미끼를 이용하면서 말이다.

하지만 생각보다 난이도가 너무 낮은(?) 관계로 계획을 좀 수정하기로 하였다.

'싸우다 죽더라도 할 수 없지. 플랜 B로 바꿔야겠어.'

계획을 정리한 이안은, 지체 없이 H 거점을 빠져나왔다.

마군들 중 누군가 와서 이 거점을 쉽게 점령해 버린다고 해도, 전혀 상관없었다.

어차피 이안이 계속해서 날뛰다 보면, 천군 진영이 지려야 질 수가 없는 판이 되어 버릴 테니 말이다.

그리고 그것은 결코 자만이 아닌, '자신감'이었다.

첫 번째 플랜에서 오버슈팅이랄 수 있는 결과를 달성한 이안.

그가 거점을 벗어나 향한 곳은, 다름 아닌 메인 거점이었다.

현재 마군 진영이 공략 중인 메인 거점의 바로 다음 순서에 위치한, 'N' 거점으로 향하고 있는 것.

그리고 이안의 목적지를 깨달은 캐스터 하인스를 비롯한 시청자들은, 두 눈을 의심할 수밖에 없었다.

이것은 상식선상에서 보기에 그야말로 '미친 짓'이었으니 말이다.

─아, 지금 이안이 타고 있는 루트로 봐선, 분명 'N' 거점으로 향하고

있는 것 같은데요. 정말 이안의 머릿속에 한번 들어갔다 나와 보고 싶은 심정이군요!

여기서 잠깐 전장의 구조에 대해 이야기하자면, 깃발 전장에는 A~T까지 총 스무 곳의 거점이 존재한다.

그중 뒤 순번의 알파벳인 K~T까지가 메인 거점을 지칭하는 알파벳이었다.

그리고 이 알파벳의 개념이란, 무척이나 단순했다.

알파벳의 숫자가 뒤 번호일수록 거점의 레벨이 높은 것이다.

그리고 당연한 이야기겠지만, 높은 레벨을 가진 거점일수록 높은 가치를 지니고 있으며, 때문에 더 복잡한 요새와 강력한 중립 몬스터들이 지키고 있었다.

그런 의미에서 이안이 홀로 점령한 거점인 H 거점의 가치는, 생각보다 높은 것이었다.

서브 거점 중에는 'I'와 'J', 두 곳을 제외하고 가장 높은 가치를 지닌 곳이 바로 H 거점이었으니 말이다.

그렇다면 솔로 플레이로 손쉽게 H 거점을 점령한 이안이 N 거점으로 향하는 것을, 나지찬을 비롯한 시청자들은 어째서 미친 짓이라고 생각하는 것일까?

그 이유는, 서브 거점과 메인 거점의 태생적인 차이에 있었다.

서브 거점 중 가장 높은 레벨의 거점인 J 거점도 바로 그 다음 알파벳인 K 거점이 지닌 가치의 절반에도 훨씬 못 미치는 수준이었으니 말이다.

게다가 첫 번째 메인 거점인 K 거점부터는 난이도가 기하급수적으로 상승한다.

따라서 K보다 세 단계나 더 높은 'N' 거점에 홀로 들어간다는 것은, 이안의 실력을 떠나 자살행위로 보일 수밖에 없었다.

─이건 아니야 이안갓. 아무리 이안갓이라고 해도 혼자 메인 거점을 먹으려는 건 무리수라고.

─대체 뭘 하려는 거지? 아무리 컨트롤이 좋아도 다굴에는 장사 없는 법인데…….

─에이, 그래도 이안갓이라면 무슨 방법을 가지고 있지 않을까?

─방법은 무슨 방법. N 거점이면 요새 위에서 밀랍궁수만 수백이 넘게 지키고 있을 텐데, 죽창이 아무리 강력해도 찌를 기회조차 없을걸.

심지어 이안의 추종자들이 대부분인 한국 서버의 시청자 채팅방에도 무리수라는 의견이 절반에 달할 정도였으니, 이안의 행보가 얼마나 무모해 보이는지 알 수 있었다.

─자, 이안이 정말 N 거점의 근처까지 움직여 왔습니다. 이안은 정말 이대로 거점에 쳐들어갈까요?

─어렵네요, 하인스 님. 만약 이안이 저희가 모르는 엄청난 수를 가지

고 있어서 거점을 점령한다 해도, 금방 마군 진영의 대군이 이곳에 당도할 겁니다.

－그렇죠. 방금 전에 대략적인 상황을 확인한 바로는, 이미 L거점이 거의 점령된 상황이었거든요!

－하지만 이 상황에서도 기대가 되는 이유는 왜일까요.

－하하, 그거야 오늘 이안갓이 보여 준 장면 중에, 정상적인 상황이 하나도 없었기 때문이 아닐까요?

하지만 상황이 기이(?)할수록, 반대로 시청자들의 기대는 더욱 커져만 갔다.

상황이 무모해 보일수록 이안이 보여 줄 행보에 대한 기대치는 더욱 높아질 수밖에 없었으니 말이다.

그리고 잠시 후, 이안이 N 거점의 구역을 밟기 바로 직전.

YTBC의 방송실에는 일시적으로 정적이 흘렀으며, 수천 명이 들어차 있는 채팅 창도 일시적으로 동결됐다.

마치 시간이 멈추기라도 한 듯 모두가 이안의 행보에 집중한 것이다.

그런데 다음 순간…….

－엇!

그 모습을 지켜보던 하인스는 자신도 모르게 탄성을 내지르고 말았다.

N 거점의 구역에 진입하기 직전, 이안이 돌발적인 행동을 보였기 때문이었다.

-'비어 있는 벙커'에 입장하셨습니다.

-건축물 특성 '은폐'가 발동합니다.

-지금부터 최대 15분 동안, 벙커가 클로킹Cloaking 상태에 돌입합니다.

-벙커 내에서 적을 공격하거나 벙커 밖으로 이동할 시, 클로킹 상태는 자동으로 해제됩니다.

-적이 디텍팅 계열의 마법을 사용할 시 클로킹 상태가 즉시 해제됩니다.

마치 중립 지역과 중립 몬스터가 존재하는 것처럼 깃발 전장의 곳곳에는 특별한 중립 건축물이 존재했다.

천군 진영이건 마군 진영이건 관계없이 필요에 따라 누구나 활용할 수 있는 구조물이 있는 것이다.

전장의 넓은 구역을 관찰할 수 있는 구조물인 '망루'나 생명력을 빠르게 회복할 수 있는 '회복의 샘'.

그리고 지금 이안이 몸을 숨긴 '비어 있는 벙커' 같은 곳이 바로 그런 중립 구조물이었는데, 이러한 구조물들은 거점의 범위 안에만 존재한다.

여기서 거점의 범위 안이란, 거점을 지키는 요새 안쪽을 이야기하는 것이 아니라 그 바깥의 일정 범위까지를 이야기하는 것.

그런데 재밌는 것은 지금 이안의 상황이었다.

이안은 분명 N 구역의 거점 안에 있는 벙커에 들어와 있었는데, 구역을 지키는 중립 몬스터들과 적대 상태가 되지 않은 것이다.

이것은 대체 어떻게 된 일일까?

'크, 역시 되네. 지난 전투에서 봤던 게 잘못 본 게 아니었어.'

중립 거점의 몬스터들은, 유저가 해당 거점의 범위 내에 들어서는 순간 그를 적대자로 인식한다.

그리고 그 판정에는, 두 가지 조건이 있었다.

첫째, 거점의 땅을 밟거나.

둘째, 거점을 지키는 방어군의 시야에 발견되거나.

이 둘 중 하나의 조건이 충족되어야 거점의 범위 안에 들어왔다고 인식하게 되어 있는 것이다.

그리고 지금 이안은 그 두 가지 조건을 전부 피했기에, 몬스터들과 적대되지 않은 상태로 거점 내에 있는 벙커에 들어올 수 있었다.

'중립 구조물의 영역은 역시 거점의 땅으로 인식되지 않는군.'

이안이 이 두 가지 조건을 피한 방법은 간단했다.

N거점의 망루에 있는 '차원의 밀랍 병사'가 시선을 돌린 틈을 타 까망이의 '어둠의 날개' 고유 능력을 시전하였고, 허공에 뜬 채로 순식간에 가까운 벙커까지 접근한 뒤 그 안으

로 쏙 하고 들어간 것이다.

정말 찰나지간에 기민하게 움직여 밀랍파수꾼의 시야에 걸리지 않을 수 있었던 것.

어차피 벙커의 바깥으로 나가면 바로 적대 상태가 될 텐데 이게 무슨 의미가 있냐고 물을 수 있겠지만, 이것은 이안이 세운 플랜 B의 핵심이 되는 전략이었다.

이안은 바로 이 자리에서, 중립 진영과 마군 진영의 전투가 시작되기를 기다릴 생각이었으니 말이다.

'중립 몬스터들의 어그로가 전부 마군 놈들에게 집중되면, 그때 여길 나서면 되겠지.'

중립 몬스터들의 입장에서는 이안도 적이고 마군들도 적이다.

때문에 먼저 타깃팅한 대상을 우선적으로 공격할 수밖에 없을 것이고, 이안은 그 타이밍을 노리는 것이다.

'난전 속에서 전투를 벌이면, 컨트롤 숙련도를 올리긴 최상의 환경일 거야. 어그로를 분산시켰으니 허무하게 죽을 일은 없을 테고……. 한계까지 싸우다가 장렬히 전사하기 딱 좋은 상황이 만들어지겠지.'

벙커 안에 자리 잡은 이안은 본격적으로 몸을 풀기 시작했다.

아무리 어그로가 분산되어 있는 상황이라 할지라도 대다수의 마군 유저들은 작정하고 이안을 노릴 터.

이안은 '중립 몬스터'라는 아군 아닌 아군을 등에 업고, 마군 진영과 신명나게 싸워 볼 계획이었다.

　그리고 이안은 확신할 수 있었다.

　이번 전투는, 최근 들어 이안이 해 왔던 전투 중 가장 난이도 높은 전투가 될 것임을 말이다.

　와아아―!

　둥― 둥― 둥―.

　우렁찬 전고 소리가 전장의 하늘에 울려 퍼진다.

　순식간에 첫 번째 거점을 점령한 마군 진영의 기세를 대변하기라도 하듯 전장에 장엄히 울려 퍼지는 우렁찬 북소리.

　마군 진영의 장수 '켈타'는, 무척이나 흡족한 표정으로 명령을 내리기 시작하였다.

　"제군들은 듣거라!"

　"명을 받듭니다!"

　"우리 마군 진영은, 이 기세를 몰아 다음 거점을 곧바로 점령할 것이다!"

　"와아아!"

　"후퇴는 없다. 오로지 직진만이 있을 뿐! 우리의 힘이라면, 야비한 천군 진영의 계략을 정면으로 박살 내 버릴 수 있을 것이다!"

천군 진영에 원인 불명(?)으로 선취점을 내주기는 하였지만, 켈타가 생각하기에 지금 마군의 기세는 분명 대단하였다.

지금까지 여러 번 깃발 전장에 참전한 그였지만, 이렇게 빨리 첫 번째 거점을 점령해 낸 것은 처음이었으니 말이다.

'서브 거점 하나 잃은 것 따위로 승기를 빼앗았다 생각하면 큰 오산이지. 메인 거점에서 우위를 점하는 게 훨씬 중요하니 말이야.'

첫 번째 메인 거점을 점령하여 자신감을 되찾은 켈타는, 능숙하게 진영을 진두지휘하기 시작하였다.

전장에서 가장 중요한 것은, 무릇 병사들의 사기.

병사들의 기세가 꺾이기 전에 폭풍처럼 몰아치는 것이 그의 전략 아닌 전략이었다.

아직 남쪽 서브 거점으로 보낸 정찰대가 돌아오진 않았지만, 큰 의미는 없었다.

북쪽에 점령된 거점이 없다는 것은, 분명 남측 서브 거점 하나를 천군 진영에서 먹었다는 말이었으니까.

그리고 마군 진영이 향하는 N거점의 위치는 그리 멀지 않은 곳이었기에, 마군 진영의 병력들은 금세 목적지에 도달할 수 있었다.

"방패병, 앞으로!"

척- 처처척-!

켈타의 명령에, 일사불란하게 움직이는 마군 진영의 병사들.

그들 중에는 유저들도 포함되어 있었지만, 대부분 NPC 못지않게 명령에 충실히 복종하고 있었다.

이안과 같은 변종이 아닌 다음에야, 이 깃발 전장에서 장군의 명령은 거의 절대적이라 할 수 있었으니 말이다.

"우리가 거점의 영토를 밟으면, 놈들은 분명 요새 바깥으로 기어 나올 것이다. 그때를 기다려 전면전을 벌인다!"

N 거점의 범위까지 쉬지 않고 진격하여 들어온 마군의 병사들은, 방패병을 앞세운 채 자리에 일제히 멈춰 진형을 구축하였다.

그리고 잠시 후.

켈타의 말처럼, 거점 요새의 성문이 일제히 열리기 시작하였다.

두두- 두두두두-!

이어서 성문을 열고 쏟아져 나오는, 수많은 차원의 밀랍병사들.

그것을 확인한 켈타는 자신의 검을 뽑아 들어 번쩍 치켜올렸다.

그리고 이어서, 전방을 향해 검을 힘껏 뻗어 내었다.

"전구운, 돌격!"

"와아아아!"

어지간한 국가 간 전쟁을 방불케 할 정도로, 대규모로 맞붙기 시작하는 마군 진영과 중립 진영의 병사들.

그러나 처음 팽팽해 보였던 양 진영 간의 균형은, 조금씩 조금씩 마군 진영의 우세로 돌아가고 있었다.

애초에 전력 자체가 마군이 강한 것도 있지만, 켈타의 지휘가 뛰어났기 때문이었다.

"후후, 좋아! 이대로 방어선을 뚫고 요새를 점령하라!"

새빨간 익룡의 등에 올라탄 채 자신감 넘치는 목소리로 명령을 내리는 켈타.

그런데 잠시 후.

"음⋯⋯?"

뭔가를 발견한 켈타의 표정이 조금씩 일그러지기 시작하였다.

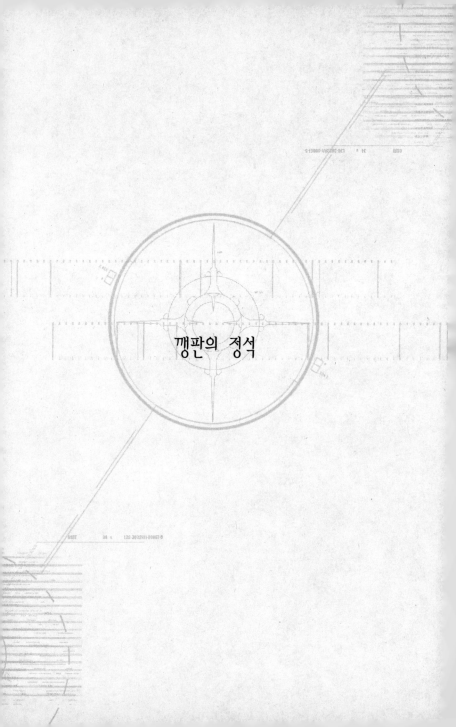

깽판의 정석

Taming
Master

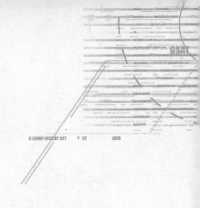

전장은 넓다.

그리고 그 안에서 전투 중인 인원의 숫자는 셀 수 없이 많았다.

NPC들까지 전부 포함하면 도합 1천이 훌쩍 넘을 정도였으니, 그 전장의 곳곳을 속속들이 파악하기란 쉽지 않은 것이다.

특히 그 상황이 정신없이 전투를 벌이고 있는 난전 중인 상황이라면 전장에서 정신없이 전투 중인 유저들은, 근처에서 어떤 전투가 벌어지는지조차 눈치채기 쉽지 않았다.

빠각—!

"이, 이게 무슨……."

퍽– 푸슉–!

"커헉!"

퍼퍼펑.

"천군이 대체 왜 여기에……."

너도 한 방, 너도 또 한 방.

죽창 메타(?)의 정신을 아주 착실히 실천 중인 이안은 점점 더 신명나게 검을 휘두르기 시작했다.

수많은 적들로 둘러싸인 적진 한복판이었지만 그의 표정은 아직까지 여유가 넘쳐 보였다.

'후후, 아직까지 날 눈치챈 녀석이 별로 없어 보이잖아?'

그리고 이안이 여유로운 이유는 간단했다.

아직 여럿의 적에게 타깃팅 되지 않았기 때문이었다.

다들 자신의 앞에 있는 적을 상대하기에 바쁜 것인지, 주변의 동료가 하나둘 죽어 감에도 이안을 눈치채지 못하고 있었던 것.

게다가 지금 이안은, 너무나도 평범(?)하게 전투하고 있었다.

스킬 같은 것은 아무것도 쓰지 않은 채 검만을 휘두르고 있었으니, 비슷한 색상의 갑주를 두른 밀랍병사들 사이에서 크게 티가 나지 않은 것이다.

정신없이 전투 중인 근처의 마군들은 그저 좀 강해 보이는 중립 차원병사가 근처에 있나 보다 생각할 뿐.

하지만 이안이 그렇게 본의 아닌 은폐를 할 수 있는 시간이 아주 길지는 않았다.

"뭐, 뭐야? 저기 왜 천군이 있어?"

"중립 병력 사이에 천군이 끼어 있다!"

"놈을 먼저 처치하자!"

뭔가 서늘함과 함께 이질감을 느낀 마군 유저 하나가, 몽둥이로 마군 병사 NPC들을 후드려 패고 있는 이안을 발견한 것이다.

하지만 이안은 전혀 당황하지 않았다.

아니, 당황할 수가 없었다.

애초에 이것이, 이안이 원했던 상황이었으니 말이다.

"멍청한 놈들, 이제 발견하다니."

작은 목소리로 중얼거린 이안은 자세를 가다듬고 살짝 뒤로 포지션을 움직였다.

여기서 '뒤'란, 중립 진영의 방향을 이야기하는 것.

중립 진영의 병력들은 이안이건 마군이건 공평하게 적대하고 있었으니 아이러니하게도 중립 진영 쪽으로 들어갈수록 이안은 더 안전(?)해지는 것이다.

여하튼 이안을 발견한 마군의 유저들은 이안을 향해 미친 듯이 달려들기 시작하였다.

상황이 어쨌든 간에 천군 진영의 적을 처치해 킬 포인트를 올릴 수 있었고, 킬 포인트는 곧 공헌도와 직결되는 것이었으니, 이렇게 홀로 나타난 이안의 존재는 맛있는 먹잇감으로 보일 수밖에 없는 것이다.

하지만 시간이 지날수록, 마군 유저들은 뭔가 이상함을 느낄 수밖에 없었다.

푸욱-!

"커허억!"

가장 먼저 이안을 향해 달려든 전사 클래스 랭커 하나가 돌연 까맣게 변하며 아웃되었기 때문이다.

"뭐야? 한 방?"

"아니, 저 멍청이는 피 관리도 안 하고 무작정 뛰어든 거야?"

"아오, 어느 나라 놈인지 마족 유저 망신 다 시키네."

"보아하니 움직임도 굼떠 보이는데, 저런 느려 터진 검에 정타를 내주다니."

유저 하나가 단칼에 사망하자, 무작정 달려들던 마군 유저들은 살짝 조심스러워졌다.

하지만 그렇다고 해서 겁을 먹거나 심각해진 것은 아니었다.

사망한 유저의 시스템 메시지를 볼 수 있는 것이 아닌 다음에야, 이안의 무식한 몽둥이가 얼마나 아픈지 알 수 없었으니 말이다.

그러나 잠시 후.

마군 유저들은, 뭔가 잘못되었다는 걸 금세 느낄 수 있었다.

스륵– 콰드득–!

퍽– 퍼퍽–!

공헌도에 눈이 멀어 곧바로 뛰어든 다른 유저 둘 역시 정확히 두 번의 칼질에 까만 사체로 변해 버렸으니까.

그리고 그 광경을 목격한 마군 유저들은 벙찐 표정이 될 수밖에 없었다.

"저, 저……!"

"뭐가 어떻게 된 거지?"

"퓰란이 죽어 버렸어!"

앞서 달려든 세 유저가 눈 한번 깜짝할 사이에 죽어 버리자 막타를 쳐 볼 생각으로 이안을 향해 뛰어들던 다른 유저들은 그 자리에서 굳고 만 것.

그리고 이안이 이 기회를 놓칠 리 없었다.

"할리, 소환!"

커허엉–!

반사적으로 할리를 소환해 탑승한 뒤, 역으로 마군 유저들을 향해 달려든 것이다.

그리고 역동작이 걸려 있는 마군 유저들이 곧바로 방향을 돌려 이안의 공격을 피하기엔 무리가 있다고 할 수 있었다.

좌락– 좌아악–!

마치 철갑으로 무장한 말을 타고 무력한 보병들을 학살하는 장수처럼 순식간에 마군 유저들 사이로 뛰어들어 무자비하게 검을 휘두르는 이안!

–마군 진영의 정예병 유저 '폭스'에게 강력한 피해를 입혔습니다!

–'폭스'의 생명력이 23,980만큼 감소합니다!

–마군 진영의 정예병 유저 '폭스'를 처치하였습니다!

–현재 킬 포인트 : 17

–마군 진영의 정예병 유저 '메이시스'에게 강력한 피해를 입혔습니다!

–'메이시스'의 생명력이 27,766만큼 감소합니다!

–마군 진영의 정예병 유저 '메이시스'를 처치하였습니다!

–현재 킬 포인트 : 18

–마군 진영의……

……후략……

그리고 이안은 그야말로 눈 깜짝할 사이에, 킬 포인트를 다섯 개나 추가로 올렸다.

띠링–!

–짧은 시간 내에 연속해서 10킬을 달성하였습니다!

–획득 공헌도가 500퍼센트만큼 증가합니다!

–획득 영웅 점수가 1,000퍼센트만큼 증가합니다!

–공헌도를 0만큼 획득하였습니다!

–영웅 점수를 500만큼 획득합니다!

공헌도가 다섯 배나 뻥튀기되었다는 메시지와 함께 떠오른 0이라는 숫자는 뭔가 쓸쓸했지만, 그와 별개로 이안은 무척이나 기분이 좋았다.

'짜릿해……! 늘 새로워! 역시 깽판이 최고야!'

평소 이안이 해 왔던 전투는 다대일의 PVE 전투가 대부분이었다.

때문에 방금 보여 준 것처럼 순식간에 여럿을 처치하는 것은 이안의 게임 역사에 흔한 일이라 할 수 있었다.

하지만 평소 몬스터들을 상대로 광역기로 쓸어 버리던 상황과 지금은 어떤 면에서는 많이 다르다고 할 수 있었다.

아무리 강력하다 해도 AI에 불과한 적들을 처치할 때와 달리, 지금 이안의 검에 녹아내린 것은 '유저'들이었으니 말이다.

그것도 어쭙잖은 유저들도 아닌 세계 각국에서 모인 최상위권의 랭커들.

때문에 같은 킬을 올렸다 하더라도 얻을 수 있는 카타르시스는 차원이 다를 수밖에 없는 것이다.

게다가 오로지 평타로만 후드려 패는 그 손맛은 나름의 묘미가 또 있었다.

"크하하핫!"

그리고 상황이 이쯤 되자, 마군 진영의 유저들은 사태의 심각성을 파악할 수밖에 없었다.

"아무래도 전장에 날파리가 한 놈 끼어든 것 같다!"

"녀석을 먼저 처치하자!"

느닷없이 등장한 이안 때문에 더욱 분주해지기 시작한 마군 진영의 유저들.

일사불란해진 그들을 보며, 이안은 속으로 장대한 목표를 세웠다.

'으흐흐, 죽기 전에 딱 100킬만 올려 보자. 상황 보면 못할 것도 없을 것 같은데.'

나름 정체를 숨기기 위해(?) 쓴 회백색의 철갑투구 안에서, 음흉한 미소를 짓는 이안.

하지만 이안이 소환한 할리 때문인지 이제 이안을 알아본 해외 서버의 마족 유저들도 하나둘 나오기 시작하였다.

"이안이야! 이안이 분명해!"

"할리칸 소환수로 부리는 소환술사가 한두 명도 아니고, 그것만으로 저 사람이 이안이라고?"

"할리칸을 쓰는 소환술사는 많지만, 그걸 타고 저렇게 날 뛰는 소환술사는 별로 본 적이 없거든."

"하지만 지난번에 본 이안은 분명 활을 쏘고 있었는데……."

"원래는 창 썼어. 그 전엔 대검 쓰는 것도 봤고."

"……."

"어쨌든 이안이 확실해."

"그거야 조금 더 지나 보면 알 수 있겠지."

그리고 이 상황을 시발점으로 중립군과 마군의 전장이었

던 'N' 거점의 전장이, 조금씩 이안 중심으로 굴러가기 시작하였다.

수백이 넘는 마군 진영의 대군을 상대로 혼자서 100킬이라는 장대한 목표를 세운 이안.

그 목표를 달성하기 위해서 이안은 끊임없이 머리를 굴리고 있었다.

'아무리 한계까지 컨트롤을 한다고 해도, 포위되면 결국 죽어야 돼.'

민첩성과 기동성 위주의 전투를 하던 과거라고 할지라도 마족 랭커들에게 둘러싸이면 살아남을 방법이 없다.

그런 데다가 공격력에 모든 스텟을 올인한 지금은 말할 것도 없는 것.

때문에 지금의 상황에서 이안이 최상의 전투를 펼치려면, 컨트롤보다도 중요한 것이 바로 위치 선정이었다.

'지금 상황에서 내가 이용할 수 있는 건 두 가지. 이걸 극대화시키면 좀비처럼 버텨 볼 수 있을 거야.'

이안이 이용할 수 있는 두 가지란, 다른 것이 아니었다.

첫 번째는 바로, 한바탕 깽판 친 이안이 지금 숨어들어 있는 중립 진영.

물론 이들이 이안을 공격하지 않는 것은 아니었지만, 그래도 이안의 어그로는 차순위였다.

옆에 이안과 마군 유저가 동시에 보일 경우엔, 중립 몬스터들은 마군을 먼저 공격하도록 어그로가 설정되어 있는 것이다.

때문에 이것을 잘 이용하면 위기를 벗어날 수 있는 상황을 충분히 만들어 낼 수 있다.

'하지만 그렇다고 해서 너무 중립 진영 깊숙이 들어가서도 안 되겠지. 주변에 너무 마군 유저가 없으면, 결국 날 향해 공격을 퍼부을 테니까.'

그리고 이안이 이용할 수 있는 두 번째 요소는 다름 아닌 이 '깃발 전장'의 속성이었다.

깃발 전장의 속성이란 것이 무엇인고 하니, 바로 '대열'을 벗어난 순간 공헌도를 획득할 수 없다는, 이 '용맹의 깃발' 전장만의 룰을 말하는 것이었다.

'미리 유저들의 위치를 확인해 두고 거리 계산만 잘하면, 치고 빠지는 게 훨씬 수월할 테니까.'

현재 이 '대열'이라는 족쇄에서 자유로운 것은, 이 전장 안에 오직 이안뿐이었다.

전장 안에 있는 모든 유저들 중에서 공헌도가 필요 없는 유저는 이안밖에 없었으니 말이다.

적당히 마군 유저들을 상대하다가 위험하다 싶으면 곧바

로 벗어날 수 있도록 애초에 전장 자체를 마군 유저들이 이동할 수 있는 반경의 한계선에서 형성시킬 수 있다면, 치고 빠지는 것이 배 이상은 쉬워질 게 분명했다.

'대열에서 벗어나는 판정이 정확히 몇 미터부터인지 알 수는 없지만, 그래도 대략적인 거리감은 미리 파악해 두었으니까.'

중립진영 병사들의 사이에 교묘히 숨어든 이안은 또다시 마군 진영을 갉아먹기 위해 빈틈을 노리기 시작하였다.

한 번씩 중립 진영의 어그로가 튈 때도 있었지만, 그때는 대응하지 않고 다른 방향으로 얼른 몸을 피하며 움직였다.

중립 병사가 공격한다고 해서 괜히 맞상대 했다가는 원치 않는 어그로가 몰려들 수 있으니 말이다.

한순간도 긴장을 놓을 수 없는 상황이었지만 어쩐지 최근 들어 가장 활기 넘쳐 보이는 이안이었다.

"크흐흐, 이건 몰랐겠지!"

그리고 동에 번쩍 서에 번쩍하며 날뛰어 대는 이안의 깽판에, 마군 진영은 속수무책으로 당하기 시작하였다.

푸욱-!

촤라락-!

−마군 진영의 정예병 유저 '윅스'를 처치하였습니다!

−현재 킬 포인트 : 23

−마군 진영의 정예병 유저 '뮤라인'을 처치하였습니다!

-현재 킬 포인트 : 24

-마군 진영의…….

마치 초식동물 무리를 노리며 어둠 속에 숨어 있는 한 마리의 맹수처럼, 절묘한 순간마다 마군 진영에 나타나 한 번에 너댓 명 이상의 마군 유저들을 학살하고 유유히 사라지는 이안.

"젠자앙! 저놈 좀 어떻게 해 봐!"

"다들 왜 쫓아가다 말고 멈추는 거야?"

덕분에 시간이 지날수록, 마군 진영의 유저들은 점점 패닉 상태에 빠지기 시작하였다.

"지금 공헌도가 중요해? 일단 따라가서 저놈부터 좀 잡아 보라고!"

그리고 그렇게 10여 분 정도가 지났을까?

-'천군' 진영이 두 번째 거점을 점령하였습니다.

-현재 스코어 - 천군 2 : 마군 1

이안 때문에 주춤하는 사이, 다시 천군 진영에 리드를 내어주고 만 마군 진영의 유저들.

하지만 이것은 그저 악몽의 '전초전'에 불과할 뿐이었다.

지금 이안의 손에 들려 있는, 크고 아름다운(?) 칠흑빛의 몽둥이.

사실 이 전설의 무기는, 이안이 아닌 다른 유저의 손에 들려 있다고 하더라도 틀림없이 밸런스에 문제가 생길 만한 녀석이었다.

물론 이안의 손에 들렸기 때문에 그 문제가 좀 더 커진 감이 있었지만 말이다.

그리고 그 가장 큰 이유는 역시 '무기 공격력'에 있었다.

여러 가지 디버프 요소가 있다고는 하나, 그것으로 절대 커버할 수 없는 수준의 무지막지한 공격력.

다른 유저들의 무기가 가진 공격력과 비교해 본다면 그것을 더욱 확실하게 체감할 수 있다.

방금 이안의 손에 죽은 유저들 중에는 이안의 몽둥이가 가진 공격력의 10분의 1 수준의 무기를 쥐고 있던 유저도 있었으니 말이다.

이안의 몽둥이가 가진 공격력이 5천이었는데, 평범한 정예병이 가질 수 있는 무기의 평균 공격력은 700~800 수준이었으니, 무기가 조금 빈약한 유저들의 경우 공격력이 500대 수준밖에 안 나오는 경우도 있는 것이다.

여하튼 지금 시점에서는 벨붕 템이 분명한 이안의 검.

그렇다면 기획 팀에서는 이 아이템이 이정도의 위력을 가질 줄 몰랐던 것일까?

결론부터 말하자면, 그것은 당연히 아니었다.

기획 팀은 이 전설의 검이 강력한 위력을 발휘할 것임을 이
미 충분히 알고 있었고, 그것이 처음부터 기획 의도였으니까.
　다만 문제는 하나.
　그것은 바로, 이 무식한 아이템이 등장한 '시점'이었다.

　"원래 우리 의도대로라면, 이 무기가 제작되는 시점은 2주
정도 뒤의 일이었어야 합니다."
　"근거는?"
　"전설의 무기 주재료가 아이언 스웜의 심장인 것은 알고
계시죠?"
　"물론, 알고 있지."
　"그 때문입니다."
　"……?"
　"그걸 잡을 만한 스펙이 되려면, 못해도 영웅 계급은 찍어
야 하니까요."
　"그런데 이안이 생각지도 못했던 방식으로 스웜을 요새 앞
까지 끌고 온 거다?"
　"그런…… 셈입니다."
　원래 기획 팀의 의도대로라면, 이 전설의 검이 등장하는
시점은 마지막 메인 퀘스트가 끝나 갈 무렵이었다.
　원래 이 검은 '차원의 거인'을 상대하기 위해 만들어진 무
기였으며, 유저들이 정면 승부로 '아이언 스웜'을 처치할 능

력이 될 때쯤에나 제작이 가능했던 무기였으니 시기상으로 많은 유저들이 이미 '용사' 계급을 달성했을 시점인 것이다.

그리고 그렇게 기획 의도에 맞는 시기에 이 무기가 등장했더라면, 이 정도의 존재감을 뿜어낼 수는 없었을 것이다.

용사 계급부터 착용이 가능한 무기들은 대체로 이 몽둥이의 절반 이상의 성능은 낼 수 있었으니 말이다.

"하지만 그런 가정들은 아무런 의미가 없지. 이미 일은 벌어졌고. 이안은 전설의 검을 쥐고 있으니 말이야."

"그……렇습니다, 본부장님."

"후우……."

LB사의 기획 본부, 본부장실.

보고서를 들고 직접 본부장실에 들어온 나지찬과 보고를 받는 본부장 김인천의 얼굴은 마치 좀비를 방불케 할 정도로 생기 없었다.

그리고 나지찬이 가져온 보고서에 있는 내용은 딱히 펼쳐 볼 필요도 없었다.

본부장실의 구석에 틀어져 있는 커다란 스크린이 사실상 보고서나 다름없었으니 말이다.

커다란 몽둥이를 들고 세계 랭커라는 유저들을 학살하고 다니는 이안의 모습.

그것이 곧, 나지찬의 보고서나 다름없었다.

─아, 미쳤습니다! 이건 정말 미쳤다고밖에 표현할 수가 없어요!

―정말 대단합니다, 이안! 무기의 성능도 성능이지만, 저 컨트롤 보세요! 논 타깃 공격은 거의 한 번도 허용을 하지 않고 있어요!

　―게다가 이 난전 중에 생명력 관리 철저한 것 보세요. 생명력 게이지 절반 밑으로 내려가면 귀신같이 어디론가 사라집니다. 아마 생명의 샘 찾아서 움직이는 것 같아요.

　스피커를 통해 흘러나오는 격양된 캐스터들의 목소리를 들을 때마다, 본부장 김인천의 입에서는 한숨이 새어 나왔다.

　"후우……. 나 팀장."

　"예, 본부장님."

　"자네 혹시, 1시간쯤 전에 고객 상담실에서 항의가 올라온 건 알고 있나?"

　"항의……요? 이안 때문입니까?"

　기획부장은 고개를 주억거리며, 천천히 말을 이어 갔다.

　"상담원들이 오늘 하루 만에 전부 팬더가 되어 버렸다는 거야."

　"……."

　"다크서클이 턱밑까지 내려와서는, 전화선을 뽑아 버리고 싶다고 울먹거렸다네."

　김인천의 이야기를 들은 나지찬은, 그 상황이 저절로 머릿속에 그려지는 듯하였다.

　인간 팬더들은 이미 기획 팀 사무실에도 수없이 많이 서식 (?)하고 있었으니 말이다.

"후우, 죄송합니다."

"자네가 죄송할 게 뭐가 있겠는가."

"……."

"자네들이 올린 기획서를 검토하고, 결국 도장을 찍은 건 내 손인데 말이야."

"크흑, 본부장님……."

말을 마친 김인천은 다시 입을 닫고는 말없이 스크린을 응시하였다.

그는 지금, 얼마 전 힘겹게 끊은 담배라도 다시 물고 싶은 심정이었다.

"어쨌든 자네 말에 의하면 방법은 하나뿐이라는 거지?"

"그렇습니다, 본부장님. 결국 이안이 용사의 마을을 졸업하고 나면, 한숨 돌릴 수 있을 것 같긴 합니다."

"이안이 용사의 마을을 나갈 때까지, 대략 얼마 정도의 시간이 걸릴 것 같은가?"

"저희 기획 3팀은 일주일 정도 보고 있습니다."

"후우, 일주일이라……. 고통스러운 시간이 되겠군."

다시 침묵에 빠진 두 사람은, 초점 없는 눈으로 스크린을 응시하였다.

스크린 속에 비친 이안은 두 사람의 이런 고충을 알기나 하는 것인지 여전히 신나게 마군 유저들을 때려잡는 중이었다.

그리고 그런 이안의 얼굴을 보며 나지찬은 자조적인 목소리로 독백하듯 입을 열었다.

 "쟤는 과연, 저희 기획 본부의 노력을 알고나 있을까요?"

 그리고 그 말을 들은 김인천은 무심한 목소리로 팩트 폭력을 시전했다.

 "아니. 모른다에 내 월급 절반을 걸도록 하지."

 "……."

 "자네의 존재를 모른다는 것엔 연봉도 걸 수 있다네."

 "크흑."

 마치 시련이라도 당한 듯 아련한 표정으로 스크린에서 눈을 떼지 못하는 나지찬.

 그는 이안이 검을 한 번 휘두를 때마다, 야근 시간이 1시간씩 늘어나는 것 같은 기분이었다.

 "이안……! 그놈 분명 이안 맞지?"

 "아무래도 맞는 것 같아. 그런 변종 소환술사가 이안 말고 또 있다는 게 더 끔찍할 것 같거든."

 "제길. 다들 정신 바짝 차리고 정비하라고! 지금은 사라졌지만, 놈이 언제 또 나타날지는 알 수 없으니까."

 "정비도 정비지만, 놈이 없을 때 최대한 빨리 거점을 점령해야 해. 그래도 이번엔 제법 큰 피해를 입고 달아났으니 돌아오는 데 시간이 좀 걸릴 거야."

"찰스 말이 맞아. 지금 빨리 밀어붙이자고."

"으으, 진짜 징그러운 놈."

이안이라는 '재앙'이 다녀간 마군 진영은 정말 처참하기 그지없었다.

이안이 휘젓는 것 자체도 문제였지만 그 때문에 진영이 무너진 것이 더 큰 문제였다.

진영이 무너지다 보니 중립군과의 전투에서도 더 큰 피해가 생길 수밖에 없었으며, 그 피해가 누적되니 계속해서 점령에 소요되는 시간이 지연된 것이다.

보통 중립 지역의 메인 거점을 점령하는 데 걸리는 평균 시간을 10~15분 정도로 잡는데, 이안 때문에 이미 20분이 넘는 시간이 훌쩍 지나가 버린 것.

곧 있으면 천군 진영이 세 번째 거점을 점령했다는 메시지를 봐야 할지도 모를 일이었으니, 마군 유저들의 속은 새카맣게 타들어갈 수밖에 없었다.

"좌측 방어 타워 먼저 집중공격하자고! 여기만 부수면 뚫고 들어갈 길이 열릴 거야!"

"공성병기! 공성병기 어디 있어? 병력 분산된 틈에 성문 뚫어야지!"

"빨리빨리 움직여! 여유 부릴 시간이 없다고!"

한바탕 마군 진영을 휘저은 이안이 회복을 위해 자리를 비운 사이, 이를 악물고 거점을 몰아치기 시작하는 마군 유저들.

비록 그 와중에 슬픈 메시지가 결국 떠오르기는 했지만…….

-'천군' 진영이 세 번째 거점을 점령하였습니다.

-현재 스코어 - 천군 3 : 마군 1

그렇다고 해서 아직 전투 자체를 포기해야 할 정도는 아니었다.

그리고 얼마나 상황이 다급했으면, 뒤에서 전장을 지휘하고 있어야 할 장군 '켈타'까지도 전방으로 튀어나와 쉼 없이 검을 휘두르고 있었다.

"뭣들 하는가! 저 약해빠진 밀랍병사들을 얼른 쳐부수고 적진에 깃발을 꽂아야 한다!"

콰콰-! 쾅-!

역시 '장군'이라는 타이틀은 무시할 수 없는 것인지 어마어마한 전투력으로 수많은 중립 병사들을 학살해 내는 켈타.

'놈, 다시 나타나기만 하면, 친히 내 검으로 목을 따 줄 것이다!'

그는 유저가 아닌 NPC임에도 불구하고, 어떤 마군 유저 못지않게 이안에 대한 분노를 불태우고 있었다.

때문에 그는 정신없는 와중에도 틈틈이 사방을 주시하고

있었다.

온 촉각을 곤두세운 채 다시 나타날 게 분명한 이안을 기다리는 것이다.

하지만 이상하게도 5분이 지나고 10분이 지나도, 전장에 이안의 그림자는 나타나지 않았다.

'뭐지? 분명히 살아서 도망가는 것을 보았는데……. 왜 다시 나타나지 않는 거지?'

켈타의 눈에 비친 이안은 결코 죽음을 두려워하지 않는 전사였다.

만약 죽음이 두려웠다면, 온통 적들뿐인 이 전장의 한복판을 그렇게 거리낌 없이 누빌 수 없었을 테니 말이다.

때문에 분명히 또다시 돌아올 것이라 생각했는데, 기다려도 나타나지를 않으니 왠지 모를 불안감이 밀려오기 시작하는 것이다.

'놈, 대체 무슨 꿍꿍이냐?'

하지만 켈타가 불안한 것과는 별개로 이안이 사라진 마군 진영에는 다시 활기가 돌기 시작했다.

점점 원래의 페이스를 찾아 순식간에 요새의 방어선을 넘은 것이다.

이제 남은 것은 단 하나.

깃발 포인트를 지키고 있을 준 보스급 중립 몬스터들.

성벽을 넘은 마군 유저들은, 미친 듯이 달리기 시작했다.

징그러운(?) 이안에 비하면, 깃발 포인트를 지키는 중립 몬스터들은 귀여운 수준이었으니 말이다.

"부대를 둘로 나눠 동쪽과 서쪽을 동시에 칠 것이다!"

켈타의 명령이 떨어지자 마군 진영의 병사들은 일사불란하게 움직이기 시작하였다.

둘로 쪼개진 마군의 병사들이 깃발 포인트가 있는 첨탑을 향해 양 방향에서 돌격한 것이다.

첨탑의 안에는 '차원의 밀랍기사'라는 타이틀을 가진 강력한 네 명의 중간 보스가 있다.

그들은 넷이 모였을 때 강력한 시너지가 나는 특성을 가지고 있었기 때문에 켈타가 일부러 병력을 두 갈래로 나눈 것이었다.

그리고 대열을 따라 이동하는 마군 유저들의 눈에는, '희망'이 다시 피어나고 있었다.

고지가 눈앞에 보이는 듯했으니 말이다.

'여기만 넘으면, 남는 건 허약한 깃발파수꾼들뿐. 이 속도대로라면, 이안 놈이 돌아오기 전에, 충분히 점령이 가능하겠어.'

대부분이 서로를 모르는 세계 각국에서 모인 다양한 국적의 유저들이었지만, 그들은 모두가 한 마음이 되어 빠른 속도로 첨탑을 공략해 가기 시작하였다.

그런데 그렇게 모든 것이 순조롭게 풀리는 것만 같았던 그

때…….

미친 듯이 달리던 마군 유저들의 시야에 예상치 못했던 메시지가 또다시 떠오르기 시작하였다.

-요새의 서방장군西方將軍이 처치되어 중립 진영 몬스터들의 공격력이 소폭 감소합니다.

"……?"

"뭐라고?"

-요새의 북방장군北方將軍이 처치되어 중립 진영 몬스터들의 방어력이 소폭 감소합니다.

"안 돼!"

"설마?"

-요새의 남방장군南方將軍이 처치되어 중립 진영 몬스터들의 순발력이 소폭 감소합니다.

-요새의 남방장군이 처치되어 중립 진영 몬스터들의 생명력이 소폭 감소합니다.

"이, 이건 꿈일 거야!"

마군 유저들의 눈앞에 떠오른 시스템 메시지들은 다름 아닌 '차원의 밀랍 기사'들이 처치되었다는 내용을 담고 있었다.

그리고 이제야 마군 병력이 첨탑을 오르기 시작했다는 점을 생각해 본다면, 지금 밀랍 기사들을 처치한 존재가 누구인지 어렵지 않게 짐작할 수 있었다.

"이안…… 제발. 이건 아니잖아."

"사라져서 뭐 하고 있었나 했더니, 깃발 꽂으러 간 거였어?"

"아니, 이거 이안 맞아? 아무리 이안이라고 해도, 혼자서 밀랍 기사를 잡고 올라가는 게 말이 돼?"

"응, 가능해. 그 미친 무기가 있으니까 말이야."

"……."

앞으로 벌어지게 될 대 참사를 상상하며, 절규에 가까운 탄성을 내지르는 마군 진영의 유저들.

그리고 이들이 절규하는 이유는 간단했다.

천군 진영에 또 한 번의 허무한 포인트를 내어 주게 생겼으니 말이다.

물론 이안이 꽂은 깃발은, 마군 유저들이 깃발 포인트에 올라가자마자 바로 제거할 수 있었다.

그것은 마군의 깃발을 꽂는 순간, 자연스레 제거되는 것이니 말이다.

하지만 그런다고 해서 한번 올라간 거점 점령 포인트가 내려가는 것은 아니었으니, 3 : 2가 될 점령 스코어가 이안 한 명 때문에 4 : 2가 되는 셈이었고, 그것이 마군 유저들을 미치게 만드는 것이다.

게다가 한 가지 더.

이안이 깃발을 꽂기 전에 깃발 파수꾼들을 먼저 처치할 것이라는 것도 문제였다.

이안이 파수꾼 버프를 다 가져가게 되면, 깃발을 꽂는 데에만 또 5분이라는 시간을 버려야 하니 말이다.

깃발 파수꾼의 버프 지속 시간은 10분에 불과했고, 이전 거점에서 받았던 버프는 이미 꺼진 지 오래였으니, 마군 진영은 그야말로 아무런 버프도 없이 5분 동안 깃발을 설치해야 하는 것이다.

"다들 빨리 뛰어 올라가지 않고 뭐 해?"

"이안이 깃발을 꽂는 것만은 무조건 막아야 한다고!"

정말 젖 먹던 힘까지 다 쏟아부으며, 몬스터들을 뚫고 첨탑을 오르는 마군 진영의 유저들.

하지만 그런 그들의 처절한 노력은, 단 두 줄의 메시지로 인해 그대로 무용無用해 지고 말았다.

-'천군' 진영이 네 번째 거점을 점령하였습니다.

-현재 스코어 - 천군 4 : 마군 1

하아…….

병사 혼자서 거점 하나를 점령하는 게 가능하냐고?

나도 두 눈으로 보기 전까지는 믿지 못했지.

장군도 아니고 일개 병사가 홀로 메인 거점에 깃발을 꽂는 그림은…….

정말 보고도 믿기 힘든 광경이니 말이야.

그런데 그거 알아?

깃발을 꽂고 사라진 줄 알았던 그 '미친 놈'이, 알고 보니 우리가 사라질 때까지 탑의 구석에 숨어 있었더라고.

왜 숨어 있었겠어?

당연히 한 번 더 깃발을 꽂으려고 숨어 있었겠지.

그때까지도 녀석에게는 깃발 버프가 남아 있었으니 말이야.

휴우…….

이안이라고 했던가?

그놈은 정말 타고난 악마야.

어지간한 마왕님은 명함도 내밀기 힘들 만큼 악랄하다고.

어쨌든 그 때문에 우리 마군 진영은 그날 정말 지옥을 맛봤어.

그리고 난, 다시는 놈을 만나고 싶지 않아.

—마계 장군 '겔타'의 회고록 中 발췌

마군 진영이 점령 중이던 메인 거점을 낼름 하고 낚아채 버린 이안.

하지만 이안의 계획은 단지 여기서 끝이 아니었다.

이안은 좀 더 고차원적인 방법으로 마군 진영을 괴롭혀 줄 생각이었으니 말이다.

'마군 놈들이 생각이 있다면 깃발 설치하는 5분 동안 다음 거점으로 진격하겠지. 벌어진 스코어를 조금이라도 따라잡기 위해서는 5분이라는 시간도 아까울 테니 말이야.'

거점에 깃발을 꽂는 데 필요한 인원은 결국 한 명이다.

그러니 한 명만 남아서 깃발을 꽂고 나머지는 다음 포인트로 이동하는 것이 너무 당연하고 효율적인 방향인 것이다.

때문에 이안은 그 허점을 노리기로 하였다.

주력 부대가 다음 거점을 공략하기 위해 N 거점을 완전히 빠져나가고 나면 깃발을 설치하기 위해 남은 병사들을 암습하여, 전부 처치해 버리려는 것이다.

그리고 마군 진영의 장군 켈타는 정확히 이안이 생각한 대로 움직여 주기 시작하였다.

"폴라츠."

"예, 장군님."

"자네가 책임지고 깃발 설치를 완수해 주시게. 시간을 아끼기 위해서, 본대는 조금이라도 빨리 다음 거점으로 출발해야 할 것 같으니 말이야."

"염려 마십시오, 장군. 얼른 임무를 완수하고 뒤를 따르겠나이다."

켈타의 친위대원 중 하나이자 십인장의 직책을 가진 폴라츠는 자신의 수하 열을 데리고 N 거점에 깃발을 설치하기 시작하였다.

첨탑의 구석에 있는 어둠 속에서 작고 은밀한 누군가가 그들을 지켜보고 있다는 사실은 모른 채 말이다.

손바닥만 한 귀여운 두 개의 날개를 파닥거리며 어둠 속에 숨어 그들의 모습을 관찰하는 카카.

카카의 손에는 작은 수정구가 들려 있었고 그것은 곧 이안의 눈과 다름이 없었다.

"얼마나 남았나, 코릭스."

"이제 곧 마무리될 것 같습니다, 폴라츠 님."

"좋아. 어서 깃발 설치를 끝내고, 장군님을 따라 다음 거점으로 이동하자고."

"알겠습니다."

깃발 설치를 맡게 된 마군 진영의 유저 코릭스는, 이안에게 절이라도 하고 싶은 심정이었다.

이안이 깃발 포인트를 훔쳐 간 덕에, 운 좋게 자신에게 기회가 왔기 때문이었다.

'으흐흐, 이게 웬 떡이냐. 이안 덕에 중립 거점도 아니고 천군 거점에 깃발을 꽂아 보게 생겼네.'

그러나 코릭스의 이안에 대한 고마움은 길게 이어질 수 없었다.

잠시 후 그의 시스템 창에 '이안'이라는 이름이 떠올랐으니 말이다.

─현재 진척도 : 89.12퍼센트

-현재 진척도 : 93.43퍼센트

……중략……

-천군 진영의 용사 '이안'으로부터, 강력한 피해를 입었습니다!

-무방비 상태에서 공격을 허용하였습니다!

-20퍼센트만큼의 추가피해를 입었습니다.

-생명력이 31,818만큼 감소합니다!

-생명력이 모두 소진되었습니다.

-앞으로 5분 동안 전장에서 이탈합니다.

"커, 커헉!"

그리고 깃발을 설치하던 코릭스가 사망하자, 그제서야 이안을 발견한 마군의 병사 NPC들이 일제히 이안을 향해 달려들었다.

"여기 숨어 있었구나!"

"이번에야말로 네놈을 잡아 죽여 줄 것이다!"

그리고 그들 사이에 섞여 있던 유저 하나는 재빨리 코릭스의 자리를 꿰차고 들어갔다.

그가 설치하던 깃발을 이어서 설치하려는 것이다.

코릭스가 사망하면서 진척도가 10퍼센트만큼 떨어졌지만, 그럼에도 불구하고 완성도가 80퍼센트를 훌쩍 넘는 깃발은 매력적일 수밖에 없었던 것.

이안은 그를 먼저 저지할 수도 있었지만 굳이 그렇게 하지 않았다.

어차피 버프는 아직 남아 있었고 깃발 포인트를 다시 빼앗아 오면 되니 말이다.

지금 깃발보다 이안이 관심 있는 것은 자신을 향해 달려드는 예닐곱 정도의 마군 병사들과의 전투였다.

좀 더 정확히 말하면 '킬 포인트'에 대한 욕심이라고 할 수 있었다.

'자, 여기서 100킬 한번 찍어 보자!'

이안에게 지금의 '용맹의 깃발' 전장은 이런저런 컨트롤을 시험해 볼 수 있는 훈련장이자, 부담 없이 즐길 수 있는 '놀이터'였다.

리스크가 없으니 더 과감해질 수 있었고, 걱정할 게 없으니 더 신날 수밖에 없는 것이다.

-마군 진영의 정예병 유저 '로로칸'을 처치하였습니다!

-현재 킬 포인트 : 99

-마군 진영의 정예병 유저 '킨츠'를 처치하였습니다!

-현재 킬 포인트 : 100

-믿을 수 없는 공적을 달성하셨습니다!

-지금까지 '용맹의 깃발' 전장에서 획득한 공헌도가 150퍼센트만큼 추가됩니다!

-지금까지 '용맹의 깃발' 전장에서 획득한 영웅 점수가 200퍼센트만큼 추가됩니다!

-공헌도를 0만큼 추가로 획득하였습니다.

-영웅 점수를 7,352만큼 획득하였습니다.

결국 노 데스로 100킬이라는 위업을 달성하고 만 이안.

그 덕에 영문도 모르고 어부지리를 얻는 것은 천군 진영의 유저들은 어리둥절할 따름이었다.

"스코어가 왜 자꾸 올라가는 거야?"

"대체 무슨 일이지?"

"혹시 우리가 모르는 천군 진영의 다른 병력이라도 있는 거야?"

이기고 있는 천군 진영의 유저들조차도 도저히 이해하기 힘든 기형적인 스코어.

그리고 그 기형적인 점수 차이는 시간이 갈수록 점점 더 벌어지기 시작하였다.

N 거점에서 마군 진영을 괴롭히던 이안은 결국 1포인트의 데스 포인트를 허용하고 말았다.

그리고 사실 그것은 당연한 수순이었다.

앞뒤로 마군 진영의 메인 거점 사이에 갇혀 버린 형국이었으니, 결국에는 꼬리를 잡힐 수밖에 없었던 것이다.

하지만 당연히 이안이 쉽게 죽어 준 것은 아니었다.

이안을 잡는 과정에서 마군 진영은 또다시 수십 이상의 병력을 잃고 말았으니 말이다.

일개 병사 하나 때문에 감수해야 하는 피해라기엔 너무도 커다란 출혈.

덕분에 마군 진영의 병력은 무척이나 약화되고 말았다.

병력을 잃은 것도 잃은 것이지만, 이안을 잡으러 다니느라 진영이 완전히 무너져 버렸기 때문이었다.

그리고 이안의 활약에 힘입은 천군 진영의 유저들은 파죽지세처럼 거점을 점령해 나가기 시작하였다.

마군 진영이 이안에게 이리저리 휘둘리는 동안 순식간에 서브 거점까지 야금야금 먹어치운 것이다.

"좋았어! 여기도 점령 완료!"

"방어 타워만 빠르게 올려 놓고, 다음 거점으로 이동하자고!"

그리고 상황이 이쯤 되자, 처음에는 어찌 된 영문인지 몰랐던 천군 진영의 수뇌부 또한 마군 진영이 와해되었음을 파악할 수밖에 없었다.

이 모든 일이 이안의 작품일 줄이야 상상도 못 했지만 적어도 대략적인 상황은 파악한 것이다.

하여 천군 진영을 통솔하는 장군 세이카림은 병력을 쪼개어 운용하기 시작하였다.

마군 진영에 여력이 없음을 확인하였으니 그 사이 최대한 많은 거점을 확보하기 위한 전략이었다.

그리고 거기에 더하여 마군 진영과 가까운 거점을 먼저 공략하기 시작하였다.

"전군, 진격하라! 마군이 더 이상 거점을 점령할 수 없도록, 최대한 동쪽에 있는 거점부터 점령하라!"

원래대로였다면 서쪽부터 차근차근 거점을 늘려 나갔겠지만, 마군의 진영이 와해된 것을 확인하고는 초강수를 두기 시작한 것.

그리고 그렇게, 1시간 정도의 시간이 추가로 흘렀을까?

"크으, 이제 중립 거점은 다 먹은 거지?"

"그런 거 같은데."

"캬, 이거 이러다가 콜드 게임이라도 나오는 거 아닌가 모르겠는걸?"

천군과 마군 진영의 스코어는 이제, 돌이킬 수 없는 수준까지 벌어져 버리고 말았다.

ー'천군' 진영이 열여덟 번째 거점을 점령하였습니다.

ー현재 스코어 ー 천군 18 : 마군 5

점령 스코어 18포인트에, 총 스무 개의 거점 중 열여섯 곳을 점령해 버린 것이다.

스코어와 실제 점령 거점 사이에 차이가 있는 것은 한 거점을 뺏고 뺏기는 과정에서 생긴 것이었다.

"자, 마군 놈들 얼른 쓸어 버리고 콜드게임 만들자고."

"좋았어. 이대로 콜드게임 가면 공헌도 최소 500부터 시작이닷!"

"난 잘하면 1천도 찍을 수 있을 것 같은데?"

"헐, 1천이라니……. 부럽네요, 님."

하나하나 킬 포인트가 누적될 때마다 스노우 볼이 굴러가는 '차원의 거울' 전장처럼, 용맹의 깃발 전장 또한 한 번 굴러가기 시작한 눈덩이를 멈추는 것이 쉽지 않았다.

전투에서 사망해도 부활하기는 하지만, 5분이라는 부활 대기 시간이 있기 때문이었다.

거의 피해가 없는 천군 진영과 달리 피해가 누적된 마군 진영은, 부활을 기다리고 전장에 복귀하는 유저들로 인해 천군 진영에 비해 거의 절반 수준의 병력으로 싸움을 이어 가야 했으니 말이다.

갈수록 심화되는 전력 차이로 인해 계속해서 마군 유저들만 사망하게 되니, 이것은 악순환의 반복이라 할 수 있었다.

그리고 그 결과…….

띠링─!

─'천군' 진영이 스물두 번째 거점을 점령하였습니다.

─현재 스코어 ─ 천군 22 : 마군 5

─'천군' 진영이 모든 거점을 점령하는 데 성공하였습니다!

─'마군' 진영 유저들의 부활 가능한 거점이 더 이상 존재하지 않으므로, 사망한 모든 마군 유저들은 전장 밖으로 소환됩니다.

─조건이 충족되었습니다.

–'천군' 진영이 승리하였습니다.

–'콜드게임'으로 승리하였으므로, 모든 보상이 두 배로 적용됩니다.

결국 누군가 우려(?)했던 대로 용맹의 깃발 전장에 유래 없던 '콜드 게임'이라는 결과가 만들어지고 말았고, 승리한 천군 유저들은 기쁨의 환호성을 내질렀다.

"이겼다!"

"콜드게임이라니!"

"크, 님들 수고했습니다! 다들 너무 잘해 주셨어요!"

"으하하핫! 메인 퀘 버리고 여기 온 게 신의 한 수였다니까!"

"역시, 이 라이첸 님이 있었는데 패배할 리가 없지!"

그런데 전장이 종료되기 바로 직전.

마지막 순간까지도 자신들이 잘해서 이겼다고 생각했던 몇몇 천군 진영의 유저들은 그야말로 벙 찐 표정이 될 수밖에 없었다.

눈앞에 떠오른 메시지들로 인해, 이 압도적인 승리의 원인이 다른 곳에 있었다는 걸 깨달은 것이다.

–통합 킬 랭킹

–1위 – 천군 진영/이안 : 395킬 2데스

–2위 – 천군 진영/미크로 : 41킬 13데스

–3위 – 천군 진영/바네사 : 29킬 7데스

–4위 – 마군 진영/류은 : 35킬 16데스

-5위 - 천군 진영/사라 : 31킬 11데스

……후략……

그리고 그것은, 그야말로 '충격 그 자체'라고 할 수 있었다.

to be continued